**CHRISTIANE MARTINI**

# Tote Oma auf Eis

**MASKERADE** Hochzeit auf Eiderstedt! Oma Else kann es kaum erwarten, endlich mit allen Freunden ihr großes Glück zu feiern. Natürlich ist auch die bayerische Combo »Gevatter Blechschuss« wieder mit an Bord und sorgt für Bombenstimmung. Doch dann bricht ausgerechnet der Totengräber Rudi zusammen – vergiftet durch ein Stück von Omas Friesentorte! Für Polizist Hinercks ist schnell klar, dass der Anschlag eigentlich einem anderen Dorfbewohner gegolten hat – und so muss er erneut die hübsche Kommissarin Denkewitz aus Husum um Hilfe bitten …

© Angelika Burckhart

*Christiane Martini, geboren 1967 in Frankfurt am Main, ist Diplom-Musiklehrerin und Absolventin des Konzertexamens. Sie ist Dozentin für Blockflöte, Querflöte und Klavier, leitet mehrere Ensembles für Alte und Neue Musik und hat neben eigenen Kompositionen auch zahlreiche musikalische Lehrwerke verfasst. Christiane Martini ist nicht nur Musikerin, sondern auch als Autorin in verschiedenen Genres zu Hause. Sie lebt mit ihrem Mann und zwei Kindern in der Nähe von Frankfurt und wurde von ihrer Heimatstadt Dreieich mit einem kulturellen Förderpreis für Musik und einem Stipendium ausgezeichnet.*

Bisherige Veröffentlichungen im Gmeiner-Verlag:
Tote Oma mit Schuss (2016)

**CHRISTIANE MARTINI**

# Tote Oma auf Eis

*Kriminalroman*

GMEINER SPANNUNG

*Personen und Handlung sind frei erfunden.*
*Ähnlichkeiten mit lebenden oder toten Personen*
*sind rein zufällig und nicht beabsichtigt.*

Besuchen Sie uns im Internet:
www.gmeiner-verlag.de

Genehmigte Lizenzausgabe für die Gmeiner-Verlag GmbH


Im Ehnried 5, 88605 Meßkirch
Telefon 07575/2095-0


Lektorat: Claudia Senghaas, Kirchardt
Herstellung: Mirjam Hecht
Umschlaggestaltung: U.O.R.G. Lutz Eberle, Stuttgart
unter Verwendung eines Fotos von: © seraph / photocase.de
und © Francesca Schellhaas / photocase.de
Druck: CPI books GmbH, Leck
Printed in Germany
ISBN 978-3-8392-2035-1

Für Susanne, über deren trockenen Humor
ich mich so schön amüsieren kann.

# KAPITEL 1

Und wieder ist es Sommer auf Eiderstedt in Nordfriesland. Die Wäsche flattert frisch gewaschen im Wind, Schönwetterwolken ziehen vom Meer in Richtung Landesinnere, der Mais steht hoch, und die Schafe grasen träge auf den Wiesen.

»Moin«, ruft Helge ihnen zu.

Mit frisch geputzten Schuhen sitzt er auf seinem froschgrünen Bonanzafahrrad und fährt pfeifend am Deich entlang. Der Fuchsschwanz, der an einer langen Stange befestigt ist, wackelt fröhlich hin und her. Er ist auf dem Weg zu Friedje und will sich von ihm eine Fliege leihen. Nicht so eine, die brummt, fürs Fliegenfangen oder so, wäre ja auch blöd, denn die gibt's wegen der Kühe mehr als genug, sondern eine, die man sich um den Hals bindet. Für schön eben, und so etwas besitzt er nicht, die braucht man nur, wenn geheiratet wird, und das wurde hier schon lange nicht mehr in Osterhever. Aber nun ist es endlich wieder so weit.

Albert Werner, der langjährige Freund von Oma Else und Doktor vom Norderheverkoog, hat ihr nämlich einen Antrag gemacht. So, wie sich das gehört, mit blumigen Worten, und dabei war er sogar auf die Knie gegangen. Und das war gar nicht so einfach gewesen, denn der Doktor ist nicht mehr der Jüngste. Für Else war der Antrag ziemlich unerwartet gekommen.

Es war ein sonniger Samstag gewesen. In der Pension ›Zur Goldenen Möwe‹ waren alle Gäste ausgeflogen, denn das gute Wetter lud zum Fahrradfahren ein. Oma Else war aus der Küche gekommen, um sich eine Pause zu gönnen. Ihr stand der Sinn nach ein wenig Ausruhen, mit Kaffee, einem Butter-Friesencroissant und den Neuigkeiten aus der Koogzeitung. Da sah sie ihn hocken, ihren Albert. Er empfing sie mit einem breiten Grinsen, geöffneten Armen und den Worten: »Durch dick und dünn will ich mit dir gehen.«

Für einen Moment hatte Else geglaubt, es wäre eine Anspielung auf das Croissant, aber das war natürlich völliger Unsinn. Dann folgte von Albert eine Liebeserklärung der besonderen Art. Er holte eine Postkarte aus seiner Jackentasche hervor, auf der ein Segelboot abgebildet war, und erklärte Else strahlend: »Liebste Else, dieses Boot soll den Hafen unserer Ehe darstellen, und wenn du bereit dazu bist, dann würde ich gerne beim Segeln an deiner Seite sein.« Er machte eine Pause und lächelte sie erwartungsvoll an.

Wie süß von ihm, dachte Else, schaute aber wohl eher wie ein überraschtes Friesenschaf, so, als ob

Helge unerwartet mit seinem Bonanzafahrrad vorbeigerast käme.

Deswegen fügte Albert noch hinzu: »Wenn du möchtest, segle ich mit dir bis ans Ende der Welt. Aber zurückkommen möchte ich schon. Am schönsten ist es doch bei uns hier an der Nordsee.«

Einen Nordfriesen soll man nicht verpflanzen, nö, auch nicht der Liebe wegen. Aber das sieht Oma Else zum Glück genauso. Nichts und niemand würde sie hier so schnell wegbringen. Da müsste schon etwas Todernstes passieren.

Dann hatte es Albert auf den Punkt gebracht. »Also, wenn du mich willst, Else, dann kannst du mich haben, so, wie ich bin, und zwar für immer.«

Else kamen vor Rührung die Tränen, aber bevor sie ihr schneeweißes Taschentuch aus der Küchenschürze ziehen konnte, fügte der Doktor noch hinzu: »Du weißt, Else«, er zwinkerte dabei, »an mir ist nix mehr neu. Meine Gelenke schmerzen, und ich bin leicht übergewichtig. Aber Spaß haben wir auch so miteinander, das weißt du ja.« Noch einmal zwinkerte er ihr zu, diesmal mit dem anderen Auge.

Else lächelte glücklich. So viele Worte war sie von ihm gar nicht gewohnt.

»Und?«, fragte er voller Ungeduld.

Die Frage konnte sie eindeutig mit einem »Ja« beantworten. Albert war begeistert und wollte sie auch sogleich in seine Arme nehmen, doch dazu musste Else ihm erst einmal auf die Beine helfen. Als sie das beide gemeinsam geschafft hatten, entwich ihnen gleichzeitig ein »Uff«.

»Ach, mit dir wird es man nich' so schnell langweilig«, lachte Else.

»Mit dir auch nich'.«

Da man als Friese eigentlich nicht so viele Worte macht, meinte der Doktor, dass nach dem »Ja« nun die Hochzeit abgemacht sei.

»14. August?«, fragte er.

Oma Else wusste natürlich sofort, was er meinte, und blätterte in ihrem Kalender. Da stand so einiges: Anreise Herr Storm, Abreise Familie Schwalm, Konzert bei Hansens, aber nichts war so wichtig, dass an diesem Tag nicht geheiratet werden könnte.

»Passt«, meinte sie und lächelte, und zwar über das ganze Gesicht, so richtig breit.

»Du siehst glücklich aus, meine Friesendeern«, meinte Albert.

»Du auch«, sagte Else.

»Na dann«, gab Albert zurück.

»Ich mach gleich mal 'ne Liste«, verkündete Oma Else.

»'ne Liste?«, der Doktor wusste nicht so recht, was sie meinte.

»Na, 'ne Liste, wen wir einladen wollen.«

»Ach so.«

»Ja, oder wolltest du in aller Stille heiraten? Man braucht ja heutzutage nicht mal mehr einen Trauzeugen.«

»Is' dat so?«

»Dat is' so.«

»Also ich fänd 'ne große Hochzeit schon schön«, meinte der Doktor und bleckte begeistert seine dritten Zähne.

»Das fänd ich auch klasse«, freute sich Else. »Von so einer großen Hochzeit habe ich schon immer geträumt, so mit weißem Kleid. Na ja, ein Kostüm ist auch in Ordnung. Hatte ich bisher auch noch nicht. Ich war nur Brautjungfer, und das ist schon lange her.«

»Und 'ne Jungfrau bist du zum Glück schon lange nicht mehr«, Albert lachte zweideutig und kniff seiner Else zärtlich in ihren runden Po.

»Jetzt ist's aber gut«, beschwerte sie sich und lächelte ihren Albert liebevoll an.

In den folgenden Tagen hatten beide aufgelistet, wen sie gerne bei ihrer Hochzeit dabeihätten. Es gab einige Überschneidungen, denn beide kannten natürlich ungefähr die gleichen Leute. Bei Albert stand noch sein Freund Gustav vom Doppelkopfspielen darauf, den mochte Else auch. Else hatte noch Cousine Wilhelmine unten aufgelistet, die konnte Albert nicht so gut leiden. Die hatte immer so viele Weisheiten parat, die sie ungefragt zum Besten gab, das nervte den Doktor. Er würde aber versuchen, freundlich zu ihr zu sein.

Die Liste war auch reich gefüllt mit Freunden und Bekannten. So zum Beispiel mit Klaus Bentrop aus

Hamburg. Er hatte zwei reetgedeckte Häuser, die sich in der Nähe des Leuchtturms befanden. Trotz der Entfernung war er Elses Nachbar.

Ein Nachbar ist man auf Eiderstedt, wenn man auf dem Nachbarhof oder einem Nachbargrundstück wohnt, und das kann schon ein Stück entfernt sein. So ist es mit dem Haus vom Bentrop. Er ist nicht besonders freundlich zu Oma Else, aber er ist eben ihr Nachbar, und den muss man einladen. Aber wenn sie mal ganz ehrlich ist, dann bekommt sie ihn eigentlich so gut wie gar nicht zu sehen. Es sind mehr seine Feriengäste, deren fremde Gesichter ab und an auch bei ihr in der ›Goldenen Möwe‹ vorbeischauen und erzählen, dass sie in Bentrops Ferienhaus wohnen.

Außerdem würden die ›Gevatter Blechschuss‹ aus Bayern mit ihren Frauen dabei sein. Die vier Bazis, Ernst, Matthis, Berti und Hansi, sind Oma Else seit ihrem letzten Urlaub besonders ans Herz gewachsen. Albert und Else waren sich einig: Die sollen zum Tanz aufspielen.

Als Else den Hansi anrief, um ihn zur Hochzeit einzuladen und ihm ihre Idee zu unterbreiten, sagte er ganz gerührt: »Ja freilich, das machen wir gerne.«

Nachdem die Gästeliste und die Musik geklärt waren, musste noch das passende Brautkleid für Oma Else gefunden werden. Da Else ihre Pension nicht allein lassen wollte, bestellte sie sich ein weißes Kostüm in vier verschiedenen Größen bei einem Brautmodenanbieter im Internet. Albert durfte bei der Anprobe natürlich nicht dabei sein. Aber ihr Freund Hinercks, der Dorfpolizist, der täglich bei Else einen Absacker und auch mehr trank, und Helge, der häufig an seiner Seite war und tiefschürfende Friesengespräche mit ihm führte, die durften ihre Stimme abgeben.

Ein typisches Gespräch zwischen den beiden hörte sich übrigens so an: »Nix los heut.«

»Nö.«

»Mein Ischias meldet sich schon den ganzen Morgen.«

»Mir tut die Schulter weh.«

»Das ist das feuchte Wetter.«

»Jo, näch.«

»Jo, so is' das.«

Hinercks und Helge tragen das Herz auf der Zunge und am rechten Fleck, das mag Oma Else.

Von den Kostümen passte eigentlich nur eines richtig. Als Else im ersten aus der Küche getänzelt kam und sich nach allen Seiten umdrehte, empfingen die beiden sie mit einem begeisterten:

»Aaaah.«

Die Begeisterung war geschummelt, das wusste Else genau, der Rock war viel zu eng, den Reißverschluss hatte sie nicht ganz schließen können. Der war aber von der Kostümjacke mit Schößchen verdeckt und konnte deswegen nicht gesehen werden.

»So muss sich eine bayrische Weißwurst fühlen«, meinte Else zu den beiden, verdrehte die Augen und verschwand gleich wieder in der Küche. Kostüm Nummer zwei war auch noch zu eng. Das vierte hingegen war schlabberig und deswegen untragbar.

Oma Else entschied sich für Kostüm Nummer drei. Darin würde sie noch genügend Platz haben, um das feine Hochzeitsessen und die Torte genießen zu können. »Denn die ganze Zeit den Bauch einzuziehen, das ist mir zu anstrengend«, meinte sie zu Hinercks und Helge.

Außerdem hatte sie sich vorgenommen, zu tanzen, und dabei wollte sie sich entspannt bewegen können.

Damit ihr das Essen nicht so schwer im Magen liegen würde, hatte sie vorausschauend ein Eins-a-Catering ausgesucht. Vorab würde es ein leichtes Krabbensüppchen geben, dann Büsumer Nordseescholle mit Salzkartoffeln und zum Nachtisch Eiderstedter rote Grütze. Als Hochzeitstorte hatte Oma Else eine Friesentorte ausgewählt, mehrstöckig, so richtig mit Blätterteig, Sahne und ganz viel Pflaumenmus. Feiern würden sie natürlich nirgendwo anders als in Oma Elses Pension ›Zur Goldenen Möwe‹.

Täglich hatte Oma Else die Wetterkarte im Blick. Die sah erfreulich gut aus. Es würde keinen Regen geben, nur angenehmen Wind, und den waren sie gewohnt. Elses Frisur würde reichlich Haarspray abbekommen und deswegen halten, genau wie in der tollen Werbung im Fernsehen, in der die schöne Frau, die aus dem Flugzeug steigt, den ganzen Tag am Kopf vortrefflich gestylt ist. Da kann kommen, was will, so is' das, aber einen Orkan würde die Frisur wohl auch nicht aushalten.

Und dass ihr schmaler Rock bei einer vorwitzigen Brise hochfliegen würde, darüber brauchte sie sich keine Gedanken zu machen, der würde auch bei Windstärke sieben nicht hochgelupft werden können, dafür war der Schnitt viel zu eng.

Da Else es kaum erwarten konnte bis zur Hochzeit, hatte sie im Kalender bei jedem Tag, der verstrich, ein rotes Kreuz eingetragen. Nun war es nicht mehr lange hin, alles war bestellt und vorbereitet. Es waren sogar schon einige Gäste angereist. Nur die Blumen mussten noch angeliefert werden.

# KAPITEL 2

Else stand mit ihrem roten Lieblingsstift in der Küche und machte für den heutigen Tag ein fettes rotes X auf den Kalender. Nun fehlte das rote Zeichen nur noch für morgen, ihren Hochzeitstag. Es würde eine wundervolle Hochzeit werden, da war sie sich sicher, schließlich war alles bestens vorbereitet und bis ins Detail organisiert. Versonnen blickte sie auf die vielen Kreuze, die sie eingetragen hatte, da klingelte das Telefon. Hoffentlich würde niemand auf die Idee kommen, abzusagen.

Vorsichtig nahm Else den Hörer von ihrem altertümlichen schwarzen Schnurtelefon und hauchte ein »Moin« hinein.

»'tschuldigung«, sagte eine tiefe Männerstimme, »spreche ich mit Else von der Pension ›Zur Goldenen Möwe‹?« Bevor Else etwas erwidern konnte, sprach die Männerstimme weiter. »Hier ist Krüger vom Festivalbüro. Verzeihen Sie die Störung und dass ich Sie mit Else anspreche, aber ich kenne Ihren Nachnamen nicht. Ich kenne nur Ihre ›Tote Oma mit Schuss‹, und die ist erste Sahne.«

Oma Else freute sich. »Danke, und sagen Sie ruhig Oma Else zu mir, das passt schon. Morgen heiße ich ohnehin anders.«

»Ach so, na gut«, meinte die Männerstimme etwas irritiert. »Also, es ist so, wir haben da ein Problem. Mittelgroß bis fett, damit Sie eine Vorstellung von der Größenordnung bekommen.«

Er machte eine kleine Pause, und Else war gespannt, um was für ein großmächtiges Problem es sich handelte.

»Hat es was mit meiner Hochzeit zu tun?«, fragte sie vorsichtig nach, denn dann wäre das Problem gigantisch. Jetzt war sie doch beunruhigt.

»Nein, es geht um keine Hochzeit, vor einer halben Stunde hat uns ein Künstler für das morgige Mittagskonzert abgesagt. Sie wissen schon, das Schleswig-Holstein-Musik-Festival hat auch seine Pforten hier an der Küste geöffnet. Ab morgen wird es auf Gut Hasselstein jede Menge Konzerte mit ganz herausragenden Künstlern geben. Ich bin für das Programm zuständig und muss mir nun ganz schnell etwas einfallen lassen, wie ich den erkrankten Künstler ersetze. Ich habe gehört, dass bei Ihnen eine Blechbläserband aus Bayern zu Gast ist.«

Else holte tief Luft, um zu protestieren und zu erklären, dass Abwerben nicht ginge.

Der Mann sprach sehr freundlich weiter. »Also ich will Ihnen auf keinen Fall irgendwelche Unannehmlichkeiten bereiten. Es ist nur so, dass wir durch die Absage in großen Schwierigkeiten stecken, da das Konzert ausverkauft ist. Wir hätten einen ziemlich großen finanziellen Verlust, ganz zu schweigen von dem organisatorischen Ärger, den die Sache mit sich brächte. Eigentlich sollte ein Bassbariton aus Ungarn singen, aber er ist stark erkältet und kann nicht auftreten. Die Nordseeluft hat ihn wohl zu sehr gereizt. Auf dem Konzertprogramm standen Melodien aus Operette und Musical. Da es ein leicht verdauliches Programm sein soll, bei dem sich die Leute gut unterhalten fühlen, würden die Blechbläser sicher einen guten Ersatz darstellen. Was meinen Sie, Frau Else?«

Else dachte über die Verdaulichkeit von Musik nach und über die ›Gevatter Blechschuss‹, die doch extra für sie einen Hochzeitswalzer einstudiert hatten. Das hatte ihr gestern der Hansi leise ins Ohr geflüstert, damit es der Albert nicht hören konnte. Sie holte tief Luft. »Also, es ist so …«, begann sie, und dann erzählte sie dem Herrn am Telefon ausführlich von ihrer bevorstehenden Hochzeit und den ganzen Planungen. »Die Burschen aus Bayern sind großartig, müssen Sie wissen, aber meine Hochzeit kann ohne die vier nicht stattfinden. Das ist ausgeschlossen.« Sie hielt inne.

»Ich mache Ihnen einen Vorschlag«, meinte Organisator Krüger. »Was halten Sie davon, wenn wir Ihre Hochzeitsfeier an den Festivalort verlegen? Wir haben tolle Örtlichkeiten dort. Als Konzertsaal dient uns eine große reetgedeckte Scheune, drum herum befindet sich ein tolles Anwesen mit einem alten Herrenhaus und einer großen Wiese. Da machen die Leute Picknick. Und für die Pause gibt es ein First-Class-Catering.«

Er küsste wohl seine Fingerspitzen, um anzudeuten, wie vorzüglich das Essen sein würde. Else hörte nur ein Schmatzen.

»Wir haben ein großes Zelt aufgebaut, damit die Zuhörer auch bei Regen etwas genießen können. Was halten Sie davon, Frau Else, wenn wir für Sie ein Extra-Zelt aufstellen und Sie bei uns auf Gut Hasselstein Hochzeit feiern? Sie können unser tolles Catering nutzen, zu einem Vorzugspreis, versteht sich, und als Gegenleistung spielt das Blechbläser-Ensemble bei uns ein Konzert.«

Else schnaufte. Was fiel dem Herrn Krüger eigentlich ein? Schließlich war alles vorbereitet und mühevoll organisiert.

»Das kann ich nich' allein entscheiden«, sagte sie ein klein wenig verärgert.

»Also die Blechbläser würden spielen, das kann ich Ihnen schon mal versichern«, sagte der Typ.

»Oha«, rief Else und zog das »ha« dabei etwas in die Länge.

»Ich habe die Burschen vorhin am Deich üben hören, und da habe ich sie spontan angesprochen«, erwiderte der Mann euphorisch.

»Ach, da sind die hin«, sagte Else nachdenklich. »Ich habe die heute noch gar nicht gesehen. Die sind gestern erst spät angekommen.« Ihr Herz klopfte aufgeregt, als sie weitersprach.

»Ich dachte, wir feiern hier bei mir in meiner Pension. Die Hochzeit ist etwas ganz Besonderes für mich.« Elses Stimme klang inzwischen etwas zittrig.

»Es soll doch auch eine besondere Feier werden«, unterbrach sie die Männerstimme, »beruhigen Sie sich. Haben Sie denn überhaupt ausreichend Platz in der ›Goldenen Möwe‹?«

»Nun ja, allzu reichlich ist es nicht.«

»Dann kommen Sie doch zu uns. Auf Gut Hasselstein ist jede Menge Platz. Es wird bestimmt ein unvergessliches Fest für Sie werden. Machen Sie doch mal was ganz Verrücktes.«

Als wenn Heiraten in meinem Alter nicht schon verrückt genug wäre, dachte Else. Sie startete noch einen Versuch, sich aus der Sache herauszuwinden. »Der Caterer ist bestellt und kommt angereist, dem kann ich nich' so einfach absagen.«

»Na, dann bringen Sie ihn doch mit. Dann haben wir hier eben zwei Caterer vor Ort, das spielt gar keine Rolle. Ach, kommen Sie, Oma Else, geben Sie sich einen Ruck.«

»Und was wird mein Bräutigam dazu sagen?«

»Das weiß ich nicht, aber vielleicht wäre es eine tolle Überraschung für ihn?«

»So ganz unvorbereitet soll er aber nicht sein. Ich

werde mit ihm sprechen, und dann melde ich mich wieder bei Ihnen.«

»Gut, machen Sie das. Aber bitte lassen Sie mich nicht allzu lange im Ungewissen. Auf Wiederhören«, sagte Krüger in etwas geziertem Hochdeutsch, sein Unterton klang ein wenig beunruhigt.

Else verabschiedete sich freundlich von ihm. Sie wollte die Sache sofort klären. Sie legte auf und wählte Alberts Nummer.

Albert freute sich, Else zu hören. Er kannte Gut Hasselstein, der Besitzer war einer seiner Patienten. Dort würden sie etwas mehr Platz haben als bei Else in der Pension. Die Idee gefiel ihm. Er hatte sich für seine Liebste eine ganz besondere Überraschung ausgedacht, dafür brauchte er eine große Fläche, das Rasenstück hinter der Scheune auf Gut Hasselstein wäre dafür bestens geeignet. Der Deich wäre auch gut gewesen, aber so würde es etwas unkomplizierter sein.

»Else, das geht schon klar«, meinte er. »Das Ambiente dort ist schön, und da haben wir reichlich Möglichkeiten zum Tanzen.«

»Also gut«, erwiderte Else, »ich sag Hansi und den anderen Jungs Bescheid, und dann machen wir das eben so.«

Es folgte ein kurzes Dialogknurren. Albert begann. »Hm.«

Daraufhin antwortete Else mit einem breiten »hm«.

Dann raffte sich Albert zu einem ganzen Satz auf. »Bis später, Elschen.«

»Bis später, Albertchen.«

Beide knurrten ein Lachen durch die Nase, dann legten sie auf.

# KAPITEL 3

Erschöpft, aber glücklich saß Else in der Hochzeitskutsche und schmiegte sich an ihren Albert. Nun waren sie also Mann und Frau, das fühlte sich gut an. Else war so happy, sie schaute ihren Albert von der Seite an.

Gut sieht er aus!

Auch Albert wagte einen Blick. Vorsichtig strich er über Elses Hand, die auf ihrem weißen Rock lag. Der Ring mit dem kleinen Diamanten funkelte. Überhaupt glänzte für ihn heute alles, und ganz Eiderstedt sah bezaubernd aus.

Dabei hatte sich ja gar nichts verändert. Aber irgendwie wirkte auf ihn die Umgebung so freundlich und viel schöner als an jedem anderen Tag. Sicher lag das daran, dass es sein Hochzeitstag war.

Else schnaufte, sie war erleichtert, dass bisher alles so wunderbar geklappt hatte.

Am gestrigen Tag war noch einiger Wirbel gewesen. Herr Krüger vom Festivalbüro, der Mann mit der freundlichen Stimme und den geschickten Überredungskünsten, war erleichtert gewesen, als sie ihn angerufen hatte, um ihm mitzuteilen, dass sie auf Gut Hasselstein feiern würden. Und dass die ›Gevatter Blechschuss‹ sich sehr freuen würden, ihr Herbstprogramm vorab schon einmal spielen zu können.

Sie hatte den Hansi gefragt, ob das klarging, und er meinte, sie würden beides machen, für den erkrankten Sänger einspringen und anschließend zum Tanz aufspielen. Dabei wirbelte er Oma Else im Kreis herum, dass sie ganz aus der Puste kam und darum bat, er möge sie doch bitte wieder auf ihre Füße stellen. Hansi gab ihr dann noch einen Schmatzer auf die Stirn und verschwand mit seinen Jungs zum Üben.

Einen Teil des Abends und die halbe Nacht hatten sie sich dann auf das Konzert vorbereitet, und auch heute Morgen hatte Else sie schon hinter der Pension spielen hören.

Else mochte die Musik der ›Blechschüsse‹, obwohl sie doch etwas fremd in ihren Ohren klang. Sie schätzte norddeutsche Volksmusik, Seemannslieder waren ihr vertraut. Aber an der bayrischen Blasmusik fand sie auch Gefallen. Diese Musik machte gute Laune, und die Burschen sahen beim Musikmachen echt toll aus in ihren Lederhosen, mit den nackten Waden und den blau karierten Hemden.

Wenn ich noch jung wäre, dachte Else bei sich, dann würde ich mir einen von denen schnappen. Zum Glück konnte Albert keine Gedanken lesen, sonst wäre er bestimmt eifersüchtig geworden.

Das Konzert würde nach draußen übertragen werden, sodass die ganze Hochzeitsgesellschaft die Musik hören und ohne Unterbrechung weiterfeiern konnte. Nach dem Konzert würden Ernst, Matthis, Berti und Hansi zum Tanz aufspielen. Darauf freute sich Oma Else mächtig.

Der Caterer wusste Bescheid, dass die Hochzeit nach Gut Hasselstein verlegt worden war, sicher hatte er inzwischen alles aufgebaut.

Wenn die Kutsche, begleitet von einem lautstarken Hupkonzert der Gäste, die breite Straße hinter sich gelassen hatte, auf der die Traktoren während der Erntezeit immer so schnell fuhren, würden sie nur noch einen lang gezogenen Feldweg entlangfahren müssen, und der würde sie direkt zum Gut bringen.

Auf der linken Seite war jetzt ein Schild zu lesen, das auf das Schleswig-Holstein-Musik-Festival, abgekürzt SHMF, hinwies.

Direkt daneben befand sich eine Stellwand, auf der der erkrankte Bariton mit den feschen Köpfen der ›Gevatter Blechschuss‹ überklebt war. Elses Herz pochte wild vor Aufregung, Alberts ebenfalls. Aber auch die anderen Gäste und die bayrischen Jungs mit ihren Freundinnen waren in großer Aufregung und Vorfreude auf das Hochzeitsfest.

Als Else und Albert endlich den Parkplatz des Guts erreichten, kamen zwei freundlich dreinblickende Leute auf sie zu, um der Kutsche den Weg zum Gut zu weisen. Auf dem Parkplatz war schon einiges los, viele Konzertbesucher waren bereits vor Ort. Die Einweiser zeigten der Hochzeitsgesellschaft, in welchem Bereich sie parken durften.

Noch konnte Else das Gut nicht sehen. Es war schon ein paar Jährchen her, dass sie das letzte Mal dort gewesen war. Bestimmt hatte sich manches verändert, denn es war an einen wohlhabenden Hanseaten verkauft worden, und der hatte es bestimmt fein herrichten lassen. Ob sie es wiedererkennen würde?

Nun öffnete sich der Weg und gab den Blick auf das Gut frei. Else schnaufte erstaunt, es sah beeindruckend aus. Sie bemerkte auch gleich die große reetgedeckte Scheune, sie schien, zumindest auf der einen Dachseite, frisch gedeckt zu sein. Das Herrenhaus wirkte imposant und war festlich herausgeputzt. Überall standen große Töpfe mit üppig blühenden Hortensien und Olivenbäumchen entlang der Wege.

»Du meine Güte«, entfuhr es Else, »das Gut ist ja kaum wiederzuerkennen.«

Einige Bistrotische standen auf der Wiese und waren hübsch mit Blumen dekoriert. Auf der gegenüberliegenden Seite der Scheune standen zwei Zelte. Das eine war über und über mit Rosen und Ähren geschmückt. Bestimmt war dies für die Hochzeitsgesellschaft vorgesehen.

»Heute ist hier alles besonders schön herausgeputzt«, sagte Albert erfreut. »An normalen Tagen stehen hier nicht so viele Blumen herum und natürlich auch keine Zelte und Bistrotische. Sonst ist es hier eher schlicht und nüchtern. So, wie es heute aussieht, gefällt es mir aber deutlich besser.«

Die Kutsche fuhr an der Wiese vorbei und steuerte direkt auf das geschmückte Zelt zu. Dort hielt sie an, der Kutscher stieg aus und kam an Elses Seite.

»So, da sind wir. Darf ich Ihnen helfen, oder möchte der Bräutigam das übernehmen?« Er schaute Albert fragend an.

Natürlich wollte Albert das höchstpersönlich tun. Er gab zwar keine Antwort, erhob sich aber so schwungvoll, wie es ihm nur möglich war, aus seinem Sitz und kletterte aus der Kutsche.

»Albertchen«, sagte Else mit etwas ungeduldiger Stimme, denn sie hatte auf eine Antwort gehofft, »willst du mir helfen?«

»Aber na klar, ich bin schon auf dem Weg zu meiner Liebsten, zu meinem Elschen. Ich eile, ich komme.« Er tänzelte um die Kutsche herum. Else war doch sehr erstaunt über die vielen Worte, die Albert heute machte, und darüber, wie sehr er sich um sie bemühte. Es gefiel ihr, und sie hoffte, dass es auch nach der Hochzeitsfeier so bleiben würde.

Galant ergriff er Elses Hand, hauchte einen Kuss darauf und half ihr so geschickt wie möglich aus der Kutsche. Elses Wangen waren leicht gerötet, sie war glücklich.

Langsam kamen auch die Hochzeitsgäste herbei. Die kleinen Kieselsteinchen knirschten unter ihren Schuhsohlen. Für die Damen mit hohen Absätzen war es gar nicht so einfach, darauf zu laufen, denn bei jedem Schritt versank der Absatz etwas darin.

Auf der Wiese wurde es langsam unruhig, einige Leute kamen mit kleinen Bollerwagen und Körben herbei, um während des Konzertes zu picknicken. Andere strebten direkt auf die Scheune zu, um sich das Konzert anzuhören und einen guten Platz zu ergattern, es war nämlich freie Platzwahl. Obwohl ursprünglich ja der Bariton auf dem Programm gestanden hatte und dieser nun durch die ›Gevatter Blechschuss‹ ersetzt wurde, murrte kaum ein Besucher herum. Da es sonst ja gar kein Konzert geben würde, war das mit den feschen Bayern schon in Ordnung.

»Schicke Burschen sind das«, sagte eine Frau in einem altrosa Kostüm.

»Eigentlich finde ich so eine Band sogar viel besser«, meinte ein gut gekleideter junger Mann, der neben einem ebenfalls fein herausgeputzten alten Herrn stand, welcher neugierig das Plakat der ›Gevatter Blechschuss‹betrachtete. »Ich bin nur meiner Frau zuliebe mitgekommen. Trällernde Opernsänger, das ist nicht so ganz mein Geschmack.«

Der alte Herr stimmte ihm zu. »Jo, näch, bin mal gespannt. So Blechbläser hier oben bei uns, das hört man ja nun nich' so oft. Passen ja nich' so unbedingt hierher.«

»So is' das«, meinte der junge Mann, »also lassen wir uns überraschen.«

Einige Besucher fanden die Aussicht auf Blasmusik aber auch nicht so berauschend. »Wenn ich mir bayrische Volksmusik anhören will, dann fahr ich doch nach Bayern. Die gehören hier nun wirklich nicht hin«, echauffierte sich ein kleiner, dicker Mann in perfektem Hochdeutsch.

Else hatte einen Fotografen bestellt, der kurze Zeit später eintrudelte. Geschwind packte er seine Kamera aus und befestigte sie auf einem Stativ. Dann bat er die Gesellschaft darum, sich vor das geschmückte Zelt zu stellen. Das frisch vermählte Paar sollte sich auf zwei blaue Holzstühle in der Mitte setzen, und alle anderen stellten sich drum herum auf. Mit der Aufforderung, laut und deutlich »Friesentorte« zu sagen, animierte der Fotograf die Gäste zum Lachen.

»Und noch einmal alle zusammen«, rief er. »Friesentorte«, dabei zog er das »Frie…« ganz besonders lang, und alle machten es ihm nach und zeigten ihre Zähne.

»Ist ja fast wie bei einer Viehauktion«, meinte eine Konzertbesucherin, die das Geschehen skeptisch beobachtete. »Als Käufer wüsste man nun genau, woran man ist …«

»Wie geschmacklos«, fügte ihr Begleiter noch hinzu.

Die Hochzeitsgesellschaft störte sich nicht an den Bemerkungen. Es hatte auch nicht jeder hören können, was die beiden gesagt hatten. Die Gäste waren gut gelaunt, und der Fotograf machte zahlreiche Bilder von der fröhlichen Truppe. Eigentlich hätte er Else gerne eine CD mit den Aufnahmen gegeben, aber Else bestand auf ausgedruckten Hochglanzbildern. Sie wollte ein Album anlegen, und da würde sie die Fotografien fein säuberlich hineinkleben, so, wie sie das schon immer gemacht hatte. Mit einem schönen Einband und Seidenpapierchen zwischen den einzelnen Seiten.

Natürlich mussten Else und Albert ihm nicht alle Fotografien abnehmen, das hatte der Fotograf Else vorher gesagt. Aber meist liefen solche Foto-Aktionen darauf hinaus, dass alle Bilder irgendwie schön waren und man es nicht übers Herz brachte, auf eines zu verzichten. Else freute sich auf möglichst viele Bilder.

Nach dem Fototermin begrüßte Albert die Gäste. »Es ist schön, dass ihr alle da seid, und nun lasst uns feiern.«

Viel mehr Worte brauchte es nicht. Die Gäste beklatschten die kurze Rede und gingen dann ins Zelt, um ihren Namen auf den kleinen Tischkärtchen zu suchen. Die Sitzordnung war bei einem Hochzeitsfest ausgesprochen wichtig, das war Oma Else auch sehr bewusst, schließlich verbrachte man mehrere Stunden nebeneinander. Manchmal war der Tischnachbar ein Bekannter, dann fiel einem meist ein Thema ein, über das man sprechen konnte. Schlimmer war es hingegen, wenn es ein Verwandter war. Dann konnte es passieren, dass man sich nach einer kurzen Begrüßung und der Abklärung familiärer Fakten nichts mehr zu sagen hatte. Dann saß man schweigend und genervt da und hoffte, dass der offizielle Teil bald vorbei war und sich die Tischordnung auflöste und man endlich mit den Menschen sprechen konnte, mit denen man sich etwas zu sagen hatte.

Else und Albert saßen an einem Tisch mit Blick auf die Friesentorte, die es zum Kaffee geben würde. Toll sah sie aus, dreistöckig und genau so, wie Else sie sich vorgestellt hatte. Schließlich hatte sie auch der beste Friesenbäcker in Garding zubereitet. Das Catering hätte dies auch übernommen, aber das wollte Else nicht. Sie wusste, wie gut die Torten aus Garding waren, und bestand darauf, von dort beliefert zu werden.

Einer der Tische war nicht ganz so gut besetzt, an dem sollten Ernst, Matthis, Berti und Hansi sitzen, aber die probten gerade noch hinter der Scheune für ihren bevorstehenden Auftritt. Aus der Entfernung konnte man sie etwas gedämpft hören. Falls sie nicht rechtzeitig dabei sein könnten, sollte Else ihnen unbedingt ein Stück Friesentorte aufheben. Man wusste ja nie, wie lange die Veranstaltung so mit Zugabe, Fotos und Gesprächen dauern würde. Überstürzt davon eilen ging nicht. Dann würde ihnen womöglich noch der eine oder andere Fan zur Hochzeitsgesellschaft folgen. Das galt es natürlich zu vermeiden, denn das wollten sie Oma Else und Albert nicht antun.

Es würden sich ohnehin 'ne Menge Leute am Festzelt versammeln, wenn sie erst einmal zum Tanz aufspielen würden. Das war auch in Ordnung so, schließlich konnten sie schlecht Ohrstöpsel an die Besucher verteilen, damit man sie auf dem Gutsgelände nicht hören würde. Aber Else und Albert sollten auf jeden Fall ein ungestörtes Hochzeitsmahl zu sich nehmen können.

Das Vorspeisen-Krabbensüppchen schmeckte ausgezeichnet. Es wurde genau in dem Moment serviert, als die ›Gevatter Blechschuss‹ die Bühne betraten und von den Konzertbesuchern mit einem gesitteten Applaus begrüßt wurden.

»Na, Herrschaftszeiten noch mal, den' wer'n mir's zeigen. Auffi, Jungs«, motivierte der Hansi seine Freunde. Und dann legten die Besucher und auch Oma Else und die Hochzeitsgesellschaft ihre Ohren an. Von null auf hundert drehten die ›Gevatter Blechschuss‹ auf, mit viel Schwung und Spaß. Keiner war mehr fähig, an etwas anderes zu denken, so sehr rissen die vier Burschen aus Bayern die Zuhörer mit.

Sogar Else vergaß für einen Moment, ihre Suppe auszulöffeln. Sie gab einen Ausruf der Begeisterung von sich. Unter dem Tisch bewegten sich ihre Füße rhythmisch zur Musik. Aber sie war nicht die Einzige, der es so ging. Die Suppe wurde mit viel Lachen und bayrischen Witzen untermalt, die Hinercks in seiner trockenen Art vortrefflich erzählen konnte. Er hatte vor einiger Zeit eine Witze-App gefunden, und die kam nun ihm und auch allen anderen zugute.

Die Pause, in der die leeren Teller abgetragen wurden, wollte eigentlich Albert nutzen. Er hatte eine kleine Rede für seine Else vorbereitet. Aber die ›Gevatter Blechschuss‹ spielten so laut und dynamisch, dass er gar nicht die Gelegenheit fand, seinem Elschen in Ruhe einige liebe Worte zu sagen. Also beschloss er, seine Rede auf die Hauptmahlzeit zu verschieben.

Aber auch dazu kam es nicht, denn die Nordseescholle ›Büsumer Art‹ mit Speck, Krabben, Salzkartoffeln und zerlassener Butter wurde genau während der Zugabe serviert. Die ›Gevatter Blechschuss‹ spielten bekannte Stücke von Bach, Verdi und Schostakowitsch bis hin zu Frank Sinatra. Sie hatten diese Kompositionen so vortrefflich arrangiert, dass das Publikum förmlich entfesselt war. Es klatschte begeistert und so anhaltend, dass die ›Blechschüsse‹ immer noch ein weiteres Stück spielen mussten. Sie hatten alle eine Mordsgaudi.

Oma Else und auch Albert fanden die Musik super. Die anhaltende Lautstärke war nur etwas anstrengend. Eine richtige Unterhaltung konnte da nicht zustande kommen. Mit dem Nachbarn war es noch möglich, ein wenig zu schnacken, aber mit dem Gegenüber wurde es schon schwieriger. Ein paar Wortbrocken schleuderte man sich zu, aber mehr ging nicht.

»… lecker schmeckt's …«

»… Jo, nich', find ich auch …«

»… tolle Musik …«

»… Jo, nich', toll is' die …«

»… Fisch schmeckt lecker …«

»… Jo, nich', lecker schmeckt der …«

Plötzlich wurde es für einen Moment still. Die ›Gevatter Blechschuss‹ waren abgetreten und kamen nicht wieder auf die Bühne zurück, das Konzert war vorbei. Diesen Moment genoss Else. Doch dann folgte tosender Applaus, und schließlich wurde es ziemlich unruhig, denn die Leute verließen die Scheune, kamen heraus und strebten zum Nachbarzelt, um sich dort schnellstmöglich etwas zu essen zu holen. Währenddessen wurde geklönt und gelacht, und natürlich nahm keiner Rücksicht auf die Hochzeitsgesellschaft. Dort wurde nun die Eiderstedter rote Grütze serviert.

Else bereute es nun doch ein wenig, sich darauf eingelassen zu haben, auf Gut Hasselstein zu feiern. Albert spürte ihr Unbehagen und legte seine Hand beruhigend auf ihren Schoß.

»Nur nich' ärgern, meine Friesendeern. Jetzt essen wir erst einmal unsere rote Grütze, und dann schneiden wir bald die Friesentorte an. Darauf freust du dich doch schon seit Tagen. Das is' doch so?«

»Jo, näch, so is' das«, sagte Else und schaute sehnsüchtig zur Hochzeitstorte. »Ich kann es kaum erwarten. Obwohl ich sagen muss, dass mein Bauch im Augenblick ziemlich voll ist, der klötert richtig.«

»Meiner auch«, flüsterte Albert und lachte. »Was hältst du von einem klitzekleinen Spaziergang?«

»Gute Idee«, stimmte ihm Else zu, leckte ihren Grützelöffel ab und erhob sich langsam.

»Wir machen mal ein kleines Päuschen«, sagte Albert zu den Gästen. »Ein Verdauungsspaziergang würde euch vielleicht auch guttun. In einer halben Stunde sind wir wieder hier. Dann gibt es Torte und Kaffee.«

»Vielleicht auch 'ne ›Tote Oma‹?«, rief Hinercks etwas vorlaut.

»Gebratene Blutwurst mit Sauerkraut zum Kaffee …?«, wunderte sich eine gut gekleidete Dame, die die Begleitperson eines ebenfalls fein gewandeten Herrn aus Hamburg war. Es war Herr Bentrop, der mehrere Ferienhäuser in der nachbarlichen Umgebung besaß. Sicher kannte die Dame Oma Elses vortrefflichen Rumkaffee namens ›Tote Oma mit Schuss‹ nicht.

Else lachte. »Keine Sorge, hier handelt es sich nicht um Blutwurst, sondern um einen guten Kaffee mit einer reichlichen Portion Rum. Wer möchte, kann sicher ein Schüsschen oder auch einen Schuss davon in seinen Becher bekommen. Das geht schon klar.«

Hinercks lächelte erfreut und Helge auch. Die Dame hingegen schaute verkniffen. Sie spürte, dass man sie etwas belächelte, weil sie nicht verstanden hatte, um was es ging. Aber woher, bitte schön, hätte sie auch wissen sollen, was der Herr Polizist gemeint hatte? Sie kannte schließlich nur ›Tote Oma‹, und das war Blutwurst mit Sauerkraut, Speck und Zwiebeln.

Die Einheimischen hier, das ist schon ein Völkchen für sich, dachte die Dame im Stillen verärgert. ›Tote

Oma mit Schuss‹, pah, die haben wohl selbst einen Schuss, und zwar im Oberstübchen. Das sagte sie aber nicht laut, sondern lächelte tapfer in die Runde.

»Komm, meine liebe Helga«, lenkte Herr Bentrop ab und ergriff ihre Hand, »lass uns doch auch einen kleinen Spaziergang machen.«

»Gute Idee«, willigte sie rasch ein.

Herr Bentrop erhob sich, zog höflich am Stuhl seiner Begleiterin, reichte ihr die Hand, half ihr auf und schritt mit ihr davon. Das war das Zeichen für die restliche Hochzeitsgesellschaft. Alle setzten sich in Bewegung. Die einen gingen zum Nachbarzelt, um dort einen Sommerdrink zu sich zu nehmen, die anderen schlichen zielstrebig über die Wiese und ließen sich nach wenigen Schritten in einen noch nicht belegten Liegestuhl fallen, den sie schon die ganze Zeit im Visier hatten.

Die Frauen der ›Gevatter Blechschuss‹ eilten zu ihren Männern hinüber. Sie sehnten sich nach ihren bayrischen Jungs, endlich würden sie wieder Klartext sprechen können. Den Friesendialekt fanden sie reichlich anstrengend, die redeten hier so krauses Zeug daher, also wirklich … Allerdings waren auch die vier Madeln schief angeschaut worden, denn der Versuch, ein dialektfreies Hochdeutsch zu sprechen, war keiner von ihnen geglückt.

Ernst, Matthis, Berti und Hansi freuten sich mächtig, ihre hübschen Madeln in ihren feschen Dirndln wieder in die Arme schließen zu können. Hansi wirbelte seine Liebste im Kreis herum, und Ernst drückte Lisbeth einen dicken Schmatz auf die Wange. Bei Matthis ergriff Mareike die Initiative und zog ihn an seinen Hosenträgern zu sich heran, um ihn heftig zu drücken, und beim Berti, da war es Marianne, die ihm einen Klaps auf den Lederhosenhintern gab und anschließend einen Schmatz auf den Mund.

»Super ward's, Jungs«, rief Lisbeth begeistert.

»Ja, 'ne Mordsgaudi war's«, stimmten ihr die drei anderen Mädels zu.

Mit ihren Instrumenten bewaffnet, gingen die ›Gevatter Blechschuss‹ mit ihren Madeln im Schlepptau zu einem der Zelte hinüber und bestellten sich ein ordentliches Bier. So zünftig wie in einem bayrischen Biergarten war es dort leider nicht, und Bier vom Fass gab es auch nicht.

»Flensburger, was ist denn das für ein Schmarrn?«, fragte Hansi und schaute irritiert auf die Flasche. »Wo sind wir denn hier hingeraten?« Er war enttäuscht.

»Vielleicht schmeckt's ja doch ganz gut«, sagte Matthis, schaute seine Flasche aber auch etwas skeptisch an. »Wir sind doch wegen Oma Else da und wegen dem Albert und wegen der Hochzeit und wegen der Nordsee und …«

»Schon gut«, sagte Hansi, »aber so ein o'gezapftes Bier, das ist eben ein Muss für mich.«

»Für mich auch«, pflichtete Berti ihm bei.

»Das Essen war wirklich lecker, da habt ihr was verpasst«, versuchte Lisbeth abzulenken.

»Das auch noch«, sagte Hansi, »ich habe einen mörderischen Hunger.«

»Na dann auf, Buam«, meinten Marianne und Mareike im Chor. »Schau'n mir mal, was wir zum Futtern für euch bekommen.«

»Es gibt gleich Torte«, sagte Lisbeth freudig. »Wollen wir nicht warten?«

»Ich hob Hunger«, erwiderte Hansi ungeduldig, »i schau jetzt, ob i was zum Beißen bekomm, i wort ned.«

»I au ned«, meinte Berti.

»Na, da seid´s ihr euch ja mal wieder einig«, sagte Gundel und lachte. »Also auf, kimmts, mir gehen.«

Es herrschte ein mächtiger Trubel auf dem Gut. Die Leute liefen hin und her, es wurde gechillt, gegrillt – Nürnberger Bratwürstchen, das fanden die Bayern ein wenig seltsam –, gelacht, getrunken, geprostet und gegessen.

# KAPITEL 4

Die Hochzeitsgäste ruhten sich aus und genossen die Feier. Der Caterer schaute immer wieder etwas ungeduldig zur Hochzeitstorte hinüber. Er fand es an der Zeit, sie endlich anzuschneiden. Er hatte sich schon genau überlegt, wie er das angehen würde und wie viele Tortenstücke er bei jeder Ebene herausbekommen würde. Das Ganze war gar nicht so einfach, weil es ja Blätterteig war, und der zerbröselte leicht, wenn man ihn anschnitt.

Einer der Gäste interessierte sich ganz besonders für die Hochzeitstorte. Er schlich sich an das kunstvolle Objekt heran, stellte sich dahinter und betrachtete es eindringlich. Eigentlich konnte man ihn kaum sehen, doch da der Caterer nichts zu tun hatte, beobachtete er die Leute, und so bemerkte er den torteninteressierten Mann.

»Tolles Teil, nich'?«

Der Mann hatte wohl nicht damit gerechnet, dass er bei seiner Observierung beobachtet würde. Er schien sich irgendwie ertappt zu fühlen. »Jo … nich' …«, stammelte er zunächst, fing sich dann aber gleich wieder und sagte: »… eine wirklich gelungene Torte is' das.«

»So is' das«, meinte der Caterer. »Sie müssen sich aber noch einen Moment gedulden.« Er schaute auf seine Uhr. »Ich denke, es geht in wenigen Minuten los.«

»Na dann«, sagte der Mann, »bin gleich wieder da.«

Nach und nach trudelten die Gäste ein. Else und Albert, die den Hof des Gutes einmal umrundet hatten, setzten sich als Erste zurück auf ihre Plätze. Die anderen folgten nach und nach. Nur Ernst, Matthis, Berti und Hansi blieben mit ihren Instrumenten vor dem Zelt stehen.

»Wir brauchen ein bisschen Musik zu Kaffee und Kuchen, was meinst du, Else?«, rief Hansi ihr zu.

Else fand das schon in Ordnung, aber es sollte doch, bitte schön, nicht so laut sein und vielleicht ein bisschen wie im Kaffeehaus. Das war für die ›Gevatter Blechschuss‹ kein Problem. Ihr Repertoire war groß, und Hansi hatte quer durch die Literatur alles arrangiert, was für ein Blechbläserensemble spielbar war. Natürlich fehlte ihnen eine schwelgerische Geige, aber ihr Esprit ließ sich durch das Akkordeon prima ersetzen.

Der Caterer ging zum Tisch von Else und Albert hinüber und hielt andächtig die Hände aneinander. »Wenn die Herrschaften möchten, kann ich jetzt den Toten … äh, Entschuldigung, die Torte servieren.«

Alle mussten über den Versprecher lachen.

»Ach, das wäre wunderbar«, sagte Else erfreut und zwinkerte dem Caterer zu.

»Es ist so Sitte, dass das Hochzeitspaar gemeinsam das erste Stück anschneidet. Würden Sie bitte mitkommen?«

»Dann man los.« Albert schob Elses Stuhl leicht zurück, damit sie besser aufstehen konnte, und reichte ihr seinen Arm. Else strahlte ihn glücklich an. Endlich konnte der Caterer sich um die Torte kümmern. Er hatte schon das große Messer in der Hand und einen Topf mit Wasser, in den er das Messer tauchen und so für den jeweils nächsten Tortenschnitt säubern wollte.

Es war gar nicht so einfach, die Torte anzuschneiden, wegen des besagten Blätterteigs. Aber der Caterer hatte den Teig etwas angeritzt, und so klappte es ganz gut. Das erste Tortenstück durften sich Else und Albert dann mit zu ihrem Platz nehmen, und zusätzlich bekamen sie noch das Marzipan-Hochzeitspaar daraufgesetzt, das oben auf der Torte thronte.

Auch Kaffee wurde ausgeschenkt. Hinercks hatte ein kleines Fläschchen Rum in der Tasche, extra eingesteckt für Notfälle. Er fügte seinem Kaffee einen guten Schuss davon hinzu, auch Helge wollte ein Schüsschen haben, und so machte Hinercks' Fläschchen die Runde, denn auch die anderen Gäste wollten gerne mal ›Tote Oma mit Schuss‹ probieren.

Bis auf die ›Gevatter Blechschuss‹, Herrn Bentrop und seine Begleitung hatten inzwischen alle ein Stück Torte und einen feinen Kaffee. Herr Bentrop traf als

Letzter bei der Kaffeetafel ein, er hatte sich noch seine Lesebrille aus seinem Auto geholt, denn er wollte das Konzertprogramm der ›Blechschüsse‹ noch einmal genau studieren, weil ihm die Musik so gut gefallen hatte und er die Burschen gern mal einladen wollte. Helga fand die Idee klasse.

So richtig großen Appetit hatte er nicht mehr, als er sich an die Kaffeetafel setzte. Die Friesentorte ließ sich seiner Meinung nach ohnehin nicht gut essen, außerdem war ihm der Firlefanz mit Pflaumenmus und Sahne zu mächtig. Guter Apfelkuchen, das wär was gewesen.

Der Caterer wunderte sich etwas, als plötzlich, während er das Stück für Herrn Bentrop anschnitt, der Mann wieder auftauchte, der zuvor so interessiert die Torte in Augenschein genommen hatte.

»Schmeckt wirklich lecker, das Prachtstück«, sagte er, »äh, kann ich vielleicht noch ein Stück haben?«

»Aber sicher«, erwiderte der Caterer. Er drehte sich zur Seite und ergriff einen Teller. Dann nahm er den Tortenheber und schob ein ganz wunderbares Friesentortenstück für den Herrn darauf.

»Danke«, sagte dieser freundlich.

»Wo sitzen Sie denn?«, fragte der Caterer. »Soll ich Ihnen den Teller an den Tisch bringen?«

»Nein, das ist nicht nötig«, sagte der Mann rasch.

»Ich hätte gerne noch einen Kaffee, aber die Kanne ist leer«, beklagte sich Mareike, Bertis Freundin.

»Oh, gewiss, ich kümmere mich«, sagte der Caterer und wagte einen Blick in ihren Dirndl-Ausschnitt. Da war nicht viel zu sehen, aber offensichtlich hatte der Caterer genügend Fantasie, um sich vorzustellen, was sich unter dem feinen Spitzenblüschen verbarg. Sein Gesicht verzog sich zu einem süßen Lächeln.

»Kaffee, bitte«, sagte Mareike noch einmal, nun etwas nachdrücklicher und in feinem Bayrisch, so ein bisschen kehlig und herb.

Der Caterer schaute sie irritiert an. Dieser Ton passte doch nicht zu so einem hübsch ausgestatteten Mädchen. Er riss sich zusammen, verkniff sich eine unpassende Bemerkung und reichte Mareike eine frisch gefüllte Kanne Kaffee, die er bereits vorbereitet hatte. »Bitte schön.«

»Danke schön«, erwiderte Mareike, bemüht, dialektfrei zu sprechen.

Der Caterer lächelte freundlich, Mareike lächelte ebenfalls, dann ging sie zu ihrem Tisch zurück und verdrehte dabei die Augen.

Der Blick des Caterers fiel nun auf das Stück Friesentorte, das Herr Bentrop immer noch nicht erhalten hatte. »Ja, Himmel noch mal«, schimpfte er mit sich selbst. »Das kann ja wohl nicht wahr sein! Die einen holen sich den zweiten Kaffee, und der arme Herr dort drüben hat noch nicht einmal sein erstes Stück Kuchen erhalten. Das ist mir ja noch nie passiert.« Geschwind ergriff er den Teller und eilte zu Herrn Bentrop hinüber, der sich angeregt mit seinem Tischnachbarn unterhielt.

Bentrop war ganz und gar nicht begeistert, als der Teller vor ihn hingeschoben und so sein Gespräch unterbrochen wurde. Er hatte gerade begonnen, von seinem neuen Bauvorhaben zu sprechen. »Den Teller nehmen Sie mal schön wieder mit«, sagte er kurz angebunden und drückte ihn dem Caterer zurück in die Hand.

»Ja, aber …«

»Nichts aber, vielleicht möchte ein anderer Gast ja die herrliche Torte«, sagte Bentrop mürrisch.

Der Caterer schaute in die Runde.

Tatsächlich schoss der Arm eines jungen Mannes nach oben.

»Also, wenn kein anderer die Torte möchte, ich würde das Stück sehr gerne noch essen.«

»Der scheint ja ganz schön hungrig zu sein. Ich könnte nach dem Stück nicht noch eines essen«, warf einer der Gäste ein. Im Stillen ärgerte er sich ein wenig, denn er hätte das Kuchenstück auch sehr gerne gegessen.

Der junge Mann freute sich mächtig über das Stück Friesentorte, das ihm der Caterer nun brachte. »Danke«, sagte er und strahlte über das ganze Gesicht.

Die Frau zu seiner Linken rümpfte die Nase. »Also ich könnte davon wirklich nichts mehr essen. Herrje, igittigitt.« Ihrer Kehle entfuhr ein abstoßender Laut. Da konnte einem ganz anders werden.

Der junge Mann war etwas erstaunt über die Bemerkung, und er ärgerte sich. »Du musst ja kein

Stück mehr davon essen. Aber bitte tu nicht so, als wäre es ekelig. Schließlich ist es doch kein Gift.«

»Verzeihung«, sagte die Frau. Es war Cousine Wilhelmine.

Genüsslich tauchte der junge Mann seine Gabel in die Torte ein und häufte sich einen besonders großen Happen auf. Damit wollte er Wilhelmine provozieren, doch die schaute bewusst in die andere Richtung.

»Hmmm«, sagte er genüsslich, doch plötzlich verstummte er, und es folgte ein Röcheln. Hilfe suchend griff er Wilhelmine an die Schulter, um nicht vom Stuhl zu fallen.

Hysterisch fuhr sie zusammen. »Lass mich los! Bist du jetzt völlig übergeschnappt?«

Er wollte etwas sagen, aber er konnte kein Wort hervorbringen. Völlig unerwartet rutschte er vom Stuhl und fiel auf den Boden.

»Mein Gott!«, schrie Wilhelmine, die nun merkte, dass er nicht schauspielerte, sondern die Sache todernst war. »Irgendetwas stimmt hier nicht. Ich glaube, mein Rudi braucht dringend Hilfe.« Sie fuchtelte wild mit dem rechten Arm herum. »Ich glaube, er stirbt. Er hat Schaum vor dem Mund.«

Zum Glück war die Musik der ›Gevatter Blechschuss‹ nicht allzu laut. Deshalb konnte man das verzweifelte Rufen der Frau hören.

Hinercks hatte es als Erster gehört. Erschrocken sprang er auf. Er war so schnell, dass sein Stuhl hinterrücks umfiel. Er eilte an zwei Tischen vorbei zu dem jungen Mann, der im hinteren Bereich gesessen hatte. Helge folgte ihm auf dem Fuß. Frauke blieb irritiert sitzen, Heikos Frau Inge ebenso.

Else schaute irritiert. »Was ist denn mit Hinercks los? Ist der durchgeknallt?« Sie hatte den Schrei nicht gehört, weil Albert ihr in dem Moment etwas Liebes ins Ohr geflüstert hatte.

»Mach dir mal darüber keine Gedanken«, sagte er, der gesehen hatte, dass da hinten irgendwas nicht stimmte. Aber er wollte Else nicht die Feier verderben.

»Lass uns tanzen«, sagte er rasch, »ich glaube, es ist Zeit für unseren Walzer.«

»Oh, Albert«, säuselte Else, »meinst du, wir sollen es wirklich wagen?«

»Aber klar doch, mein Elschen. Darauf freue ich mich schließlich schon seit Tagen.«

Er erhob sich und reichte ihr formvollendet die Hand, um sie zum Tanz zu geleiten.

»Aber Albert, wo sollen wir denn tanzen? Da draußen sind doch die vielen Steinchen und die ganzen Leute.«

Er schaute sich um. »Wir tanzen auf der glatten Fläche da drüben, gleich neben der Scheune. Was meinst du? Wir beginnen, und alle anderen werden uns bestimmt folgen.«

Else war begeistert. Albert warf noch einen Blick zu Hinercks hinüber, der in diesem Moment auch in seine Richtung schaute. Fragend zog Albert die Augenbrauen nach oben.

Hinercks zeigte mit dem Daumen nach unten und machte dann mit der Handkante ein Zeichen am Hals, das bedeuten sollte: Der ist abgemurkst.

Albert wurde bewusst, dass da etwas Schlimmes passiert sein musste. Aber wenn Hinercks seine Hilfe benötigen würde, dann hätte er ihn bestimmt herbeigewinkt. Es musste also schlimmer als ein Herzanfall oder Ähnliches sein. Einer der Gäste musste bereits tot sein. Das konnte doch aber nicht möglich sein, es hatte doch alles so schön begonnen. Es war ein so herrlicher Hochzeitsschmaus gewesen. Und jetzt? Einige Gäste bekamen gar nicht mit, dass sich da etwas Tragisches abspielte. Sie klönten und lachten unbeschwert weiter.

›Die sitzen jetzt da wie bei einem Leichenschmaus. Himmel noch mal. Aber ich kann mich nicht darum kümmern‹, dachte Albert.

Er würde später nach dem Toten schauen, aber erst wollte er mit seinem Elschen tanzen. Bitte, das musste doch wohl möglich sein.

Galant führte er sie aus dem Zelt und ging zu den ›Gevattern‹ hinüber, die sich jetzt neben der Scheune aufgestellt hatten. Albert hatte ihnen mit Zeichensprache angedeutet, was er vorhatte. Die ›Gevatter Blechschuss‹ hatten bereits darauf gewartet. Mit dem Hochzeitsmarsch geleiteten sie die beiden Jungvermählten zur Tanzfläche hinüber, und dann schwebte Albert mit seinem Elschen zu Walzerklängen dahin. Für ein paar Minuten vergaßen sie alles um sich herum. Oma Else war glücklich, und Albert war es auch.

Doch dann holte sie ganz plötzlich die Realität ein, mit Pauken und Trompeten, genauer gesagt, mit dem Martinshorn. Die herrliche Walzermusik wurde von der lauten Sirene eines Polizeiautos übertönt, das vor dem Hochzeitszelt zum Halten kam. Drinnen saß Matz Willdorn, ein Kollege und Freund von Hinercks. Sein anderer Kollege, Ole Blumstock, war heute für die Geschwindigkeitskontrolle auf der breiten Koogstraße zuständig.

Die drei Polizisten würfelten immer um diesen elenden Job, denn den ganzen Tag lang war nix los da auf den Straßen hinterm Deich. Na ja, manchmal, während der Urlaubszeit, da rasten die Urlauber schon ganz schön herum, dennoch machte diese Arbeit keinen Spaß, und deswegen würfelten sie darum. Wer den höchsten Pasch bekam, musste ran. Und heute hatte Ole die A-Karte gewürfelt.

# KAPITEL 5

Matz Willdorn sprang aus dem Auto. »Hier fasst keiner was an, verstanden?«, rief er und schob sich durch die neugierige Menge bis zu Hinercks. »Habe alles im Griff«, rief er ihm zu. Er fühlte sich äußerst wichtig, endlich hatte er mal Verantwortung und konnte sagen, was zu tun war.

Allerdings hatte er Hinercks falsch eingeschätzt. Der ließ sich seine Arbeit nämlich nicht wegnehmen, auch nicht von seinem Freund und Kollegen. »Nu mach mal langsam«, versuchte Hinercks, Matz in seinem Enthusiasmus zu bremsen.

Matz schaute ziemlich bedröppelt. Ihm war augenblicklich jeglicher Wind aus den Segeln genommen. Er ließ die Schultern hängen. »Wie ich sehe, hast du dich schon gekümmert.« Er klang enttäuscht.

Doch bevor Hinercks antworten konnte, schob sich ein Herr namens Arens durch die tuschelnde Gesellschaft. »Lassen Sie mich bitte mal vorbei, ich bin Arzt.« Als er bei Hinercks stand, gab er nur ein kurzes »Moin« von sich und beäugte schon mal aus der Ferne den Mann, der da reglos unter dem Tisch lag. Seine Ferndiagnose lautete: »Der ist tot.« Seine Nahdiagnose, also mit Puls fühlen, Herz abhorchen und so weiter, war dann: »Der ist richtig tot, und da ist auch nichts mehr zu machen!«

Der junge Tote war der neueste Lover von Cousine Wilhelmine. Sie war schockiert und redete Rätselhaftes vor sich hin: »… der hätt's ja wohl sowieso … ohnehin … oder wie auch immer … nimmermehr gebracht. Spaß wollt ich mit dem haben, und zwar noch lange. Und nun? Der hat wohl einen Herzinfarkt bekommen, und schwupps, kippt der um und schleicht sich davon. Heute Abend, da wollten wir es krachen lassen, so richtig, mit Schampus und so kleinen Extras. Und nun bleib ich wohl auf dem ganzen Spielkram sitzen. Fehlinvestition nennt man das. Da such ich mir demnächst lieber einen Alten aus, so wie Else, die hat's richtig gemacht. Die weiß genau, was sie am Albert hat und was noch geht, also …«

Wilhelmine hätte wohl noch lange weiter ihre traurige, enttäuschte und unzufriedene Litanei fortgeführt, aber Dr. Arens, der gerade den Totenschein für Rudi ausstellte, reichte das Palaver. »Jetzt ist Schluss, bitte seien Sie still.«

»Genau«, mischte sich Hinercks ein.

Dr. Arens schaute etwas irritiert, fuhr dann aber fort: »Ich hatte nur gefragt, ob es Anzeichen gegeben hat, dass Ihr Bekannter nicht mehr fit sein könnte, und er vielleicht über Bluthochdruck oder dergleichen geklagt hat. Aber Sie hatten ja bereits eingangs diese Frage mit Nein beantwortet. Im Gegenteil, Sie haben ihn als einen sportlichen Menschen mit reichlich Ausdauer beschrieben …«

Wilhelmine nickte. »So war es.«

»Dann sollten wir uns wohl überlegen, was es sonst gewesen sein könnte, das ihn das Leben gekostet hat«, fuhr Dr. Arens fort.

»Ganz genau, so ist es«, steuerte Hinercks bei. Er als Polizist musste sich doch auch zu der Sache äußern. Der Tote tat ihm leid, auch wenn er ihn nicht gut gekannt hatte, denn Rudi war kein Stammgast bei Oma Else in der ›Goldenen Möwe‹ gewesen.

»Er hat doch genau das Gleiche gegessen wie alle anderen auch, oder?«, fragte Dr. Arens.

»Ja, so ist es, und das Essen war wirklich gut. Und von der Torte da«, Wilhelmine deutete auf den Rest der Friesentorte, »hat er sogar ein zweites Stück genommen.«

»Merkt ihr das auch?«, mischte sich nun Matz Willdorn ein, der sich zu dem Toten hinuntergebückt hatte. »Der riecht nach Bittermandeln.«

»Bittermandeln?« Hinercks glaubte seinen Ohren kaum zu trauen. Nun bückte auch er sich zu der Leiche hinunter und näherte sich vorsichtig ihrem Gesicht. Er schnupperte. »Du hast recht, der riecht nach Bittermandeln.«

»Aber an eine Friesentorte kommen doch keine Mandeln.«

Auch da konnte ihm Hinercks nur zustimmen.

»Du weißt also, was das bedeutet?«

Und ob Hinercks das wusste, aber er wollte seine Vermutung nicht gerne laut äußern. Er tat es dann aber doch, weil ihn alle so fragend ansahen. »Der Typ ist vergiftet worden«, sagte er ganz langsam, »der Genuss von Zyankali in Verbindung mit Magensäure setzt Blausäure frei, und die führt innerhalb weniger Minuten zum Tod. Erst setzt der Atem aus, dann hört das Herz auf zu schlagen, und dann kratzt man ab. Und dieser schreckliche Vorgang verströmt den Geruch von Bittermandeln.«

Wilhelmine schluchzte hysterisch auf, als sie das hörte.

»Beruhigen Sie sich bitte«, sagte Matz Willdorn. »Wie viele Stücke waren denn für jeden vorgesehen? Ich meine, durfte jeder ein zweites Stück essen?«

»Keine Ahnung«, sagte Wilhelmine etwas nachdenklich. »Es war eigentlich das Stück von dem Herrn da drüben.« Sie zeigte auf den Tisch, an dem eigentlich Bentrop sitzen sollte. »Seltsam«, sagte sie verwundert, »der ist ja gar nicht mehr da.«

»Bitte fassen Sie das Stück Kuchen nicht an. Das ist ein wichtiges Beweisstück.« Willdorn klang nun richtig aufgeregt.

»Genau«, mischte sich Hinercks ein, »ich nehme das Stück am besten mal an mich und lass es im Labor untersuchen.« Er umrundete den Tisch, nahm den Teller und reichte ihn Matz Willdorn. »Das muss untersucht werden. Pass gut darauf auf«, sagte er.

»Na, aber klar doch.« Willdorn freute sich, dass ihm das Corpus Delicti anvertraut wurde. Er schaute es von allen Seiten an. Zu sehen war nichts und zu riechen auch nicht.

»Vergiftet? Oh, du meine Güte.« Wilhelmine schluchzte erneut. »Das kann doch nicht wahr sein! Dann hätte mein Rudi vielleicht gar nicht sterben müssen, sondern eigentlich der Typ, der eben noch da drüben gesessen hat.« Wilhelmine japste und geriet ganz außer sich. »Aber genau so könnte es gewesen sein. Denn Rudi war vorhin noch das blühende Leben. Doch nun liegt er da herum und hat unnütz den Löffel abgegeben.«

Die umstehenden Leute wirkten ziemlich betroffen. Auch in die Konzertbesucher war Bewegung gekommen. Sie merkten, dass etwas passiert war, wegen dem Polizeiauto und so. Sie machten lange Hälse, aber die Hochzeitsgäste ließen keinen in die Runde, sie standen eng beieinander und blickten entsetzt auf den toten Rudi.

Einige kannten ihn, er arbeitete als Leichenbestatter bei dem Familienunternehmen Wüstop. Das Unternehmen war in Männerhänden. Sicher würde alsbald der Chefbestatter mit seiner Tochter, die meist am Steuer saß, angebraust kommen. Schon makaber irgendwie, eigentlich holte der Rudi die Toten ab, doch nun war er selbst tot, womöglich fehlvergiftet, und würde seiner Arbeit nie wieder nachgehen können.

Es dauerte tatsächlich nicht lange, und der Leichenwagen, ebenfalls von Hinercks herbestellt, bog um die Ecke und fuhr direkt vor das Hochzeitszelt. Rieke Wüstop stieg aus, sie war allein gekommen. Eigentlich hatte sie nicht fahren wollen, denn das Geschäft gehörte ihrem Vater. Er war der Chef, und sie chauffierte ihn nur.

Bevor sich Rieke auf den Weg gemacht hatte, hatte sie noch ein ziemlich typisches Telefongespräch mit ihrer Mutter geführt.

»Moin, Rieke, wie gut, dass ich dich erreiche, hier spricht Mama.«

»Ich weiß, dass du es bist, ich kenn ja deine Stimme.«

»Jetzt sei doch nicht gleich wieder so ungehalten, wenn ich mal anrufe …«

»Ich bin nicht ungehalten, bis eben hatte ich noch gute Laune.«

»Siehst du, dann liegt es an mir …«

»Mama, hör auf damit. Worum geht es denn?«

»Deinem Vater geht es nicht besonders gut.«

»Papa? Himmel noch mal, was ist denn mit ihm?«

»Er sitzt im Sessel und meint, dass er heute keine Fahrt mehr unternimmt.«

»Hat er sonst noch was gesagt?«

»Ich soll dich anrufen, und du musst für ihn einspringen. Es ist ein Toter auf Gut Hasselstein abzuholen.«

»Er weiß, dass ich allein keine Leichen abhole.«

»Rieke, es ist ein Notfall. Es geht ihm nicht gut, er kann doch die Leiche nicht einfach dort liegen lassen.«

»Ich will nicht.«

»Bitte, Rieke, der Rudi ist doch auch da.«

»Nein.«

»Wann habe ich dich das letzte Mal um etwas gebeten? Ich tu doch auch alles für dich. Ich koch jeden Dienstag, ich passe am Freitag auf die Kinder auf, ich …«

»Schon gut, Mama, hör auf. In zwei Minuten bin ich da.«

Rieke Wüstop atmete tief durch. Vor einer solchen Aktion hatte sie sich seit Langem gefürchtet. An die vielen Toten, die wöchentlich bei ihnen aufgebahrt wurden, hatte sie sich bis zum heutigen Tag nicht gewöhnt. Sie vermied es, den Ort des »Frischmachens« aufzusuchen. Ab und an begleitete sie ihren Vater zu Verstorbenen, aber dann blieb sie im Auto sitzen und ließ ihn mit seinem Kollegen Rudi die Arbeit tun.

Dieser Kollege hatte dummerweise heute Urlaub. Er war zu einer Hochzeit eingeladen, die man kurzfristig nach Gut Hasselstein verlegt hatte. Warum, das wusste Rieke nicht, das hatte sie ihn nicht gefragt. Er hatte nur stolz davon berichtet. Mit wem Rudi dorthin gehen wollte, wusste sie auch nicht. Aber sie würde ihn um Hilfe bitten, und er würde ihr trotz seines Urlaubstags helfen und mit anpacken müssen. Denn den Toten in einen Sarg verfrachten, das würde sie unter gar keinen Umständen tun.

Rieke hatte sich daheim ihre dunkle Jacke geschnappt, ihre Papiere in die Brusttasche gesteckt, die Tür hinter sich zugezogen und war über die knirschenden Steinchen hinüber zum Haus ihrer Eltern gegangen. Riekes Mann war heute mit den Kindern in Husum, das hatte also wirklich gut gepasst, sie konnte frei über ihre Aktivitäten bestimmen. Na toll, Aktivität! Eigentlich hatte sie nach Sankt Peter fahren wollen, um sich in einem Wollladen herrlich weiche Sockenwolle zu kaufen. Die wollte sie verstricken, bunte Socken für die ganze Familie.

Vor dem Haus ihrer Eltern parkte der Leichenwagen ihres Vaters. »Pietät Wüstop« stand mit großen Buchstaben auf der Fahrerseite und klein gedruckt darunter: ›Beerdigungen aller Art‹.

An der Küste musste man vielseitig sein, auch Wasserbestattungen standen hier auf der Tagesordnung, und manch ein Tier wurde liebevoll unter die Erde gebracht. Aber einen Bestattungswald – so etwas Neumodisches gab es hier oben an der Küste nicht. Gab ja auch nicht genug Bäume. Und an den wenigen, die es gab, wollen die Touristen in entspannter Urlaubsstimmung vorbeigehen und nicht die Baum-Schilder heimlich beäugen und sich überlegen, welches Schicksal wohl dem einen oder anderen Toten widerfahren sein könnte.

Rieke konnte den Bestatter-Beruf nicht leiden. Sie haderte damit. Aber allzu viele Berufe konnte man schließlich nicht ausüben, wenn man an der Nordsee bleiben wollte. Und von irgendetwas musste man ja nun mal leben. Entweder konnte man was für die Touristen tun, wenn man über eine Ferienwohnung verfügte, oder etwas für die Einheimischen. In diesem Fall für die einheimischen Toten, ein toter Tourist war bisher für die Wüstops noch nicht dabei gewesen.

Also, um die Sache nun etwas abzukürzen: Riekes Mann Hauke ist auch mit dem Tod aufgewachsen. Sein Vater war und ist Pfarrer hinterm Deich. Kurz nachdem Hauke mit Rieke zusammengekommen ist, da ist er bei ihrem Vater ins Bestatter-Geschäft eingestiegen. Er organisiert alles so drum herum, was mit dem Ableben eines Menschen zu tun hat.

»Ich fahr«, hatte Rieke zur geöffneten Haustür ihres Elternhauses hineingerufen. Als ihre Mutter den Kopf zur Tür herausgestreckt hatte, war Rieke schon auf und davon zum Gut. Die Mutter hatte den Kopf geschüttelt. »Armes Kind.«

Riekes Vater hingegen hatte sich die Hände gerieben. »Gut so«, hatte er geflüstert, den Kopf an den Sessel gelehnt, dann hatte er die Augen geschlossen und war wieder eingeduselt.

# KAPITEL 6

Herr Bentrop war fix und fertig. Wenn das Tortenstück vergiftet war, dann hatte ihn wohl jemand umbringen wollen. Da alle anderen noch wohlauf waren, musste es so sein. Aber wer machte so etwas? Wer trachtete ihm nach dem Leben? Wer konnte so böse auf ihn sein? Als er gesehen hatte, dass der junge Mann Schaum vor dem Mund hatte, war ihm gleich klar gewesen, dass es sich um Gift handeln musste. Sein Hund hatte mal Schaum vor dem Maul gehabt. Der hatte aus Versehen Rattengift gefressen und war dann auch daran gestorben. Ein typischer Herzinfarkt war es bei dem Typen bestimmt nicht, der hatte sich auch nicht an die Brust gegriffen, nö. Für Bentrop stand fest, dass es eigentlich ein Anschlag auf sein Leben gewesen war. Leise hatte er zu seiner Begleiterin gesagt: »Komm.« Und dann waren sie aus dem Zelt geschlichen, still und unauffällig. Und keiner hatte es bemerkt. Als sie dann auf dem Weg zum Auto waren, sackte der Absatz seiner Begleiterin immer wieder in den Steinchen ein. Bentrop ging es nicht schnell genug, er musste weg von hier, beamen ging nicht, aber zum Glück hatte er ja einen schnellen Porsche. Der gehörte zwar nicht ihm, er hatte dem Autohändler vorgelogen, ihn ausprobieren zu wollen, obwohl er den Wagen gar nicht kaufen wollte. 'ne Spritztour mit seiner neuen Begleiterin machen, das wollte er, so ein bisschen angeben, wie er das immer machte.

»Jetzt zieh doch die blöden Schuhe aus«, schimpfte er. Bentrop hatte keine Geduld mehr für solchen Firlefanz. Am liebsten hätte er sie dagelassen.

Helga war völlig konsterniert. Wie konnte es sein, dass dieser gut aussehende Hanseat plötzlich so unhöflich wurde? Sie kannte ihn noch nicht lange, erst vor Kurzem hatte sie ihn in einem Kasino in Hamburg kennengelernt. Über den Roulettetisch hinweg hatten sie miteinander geflirtet. Das hatte Spaß gemacht, aber sie hatte verloren, weil er sie mit seinem Charme abgelenkt hatte und sie deswegen nicht ganz bei der Sache gewesen war. Er hatte es wiedergutmachen wollen und sie deswegen zu einer Spritztour nach Eiderstedt eingeladen.

»Da habe ich ein paar schöne Ferienwohnungen«, hatte er augenzwinkernd gesagt. »Zunächst können wir gemeinsam zu einer Hochzeit gehen. Oma Else heiratet, das ist meine Nachbarin. Ich kenne sie zwar nicht gut, aber da gibt es bestimmt leckeres Essen. Und dann zeige ich Ihnen mein … äh, den Leuchtturm.«

Sie hatte seinen kurzen Versprecher sehr wohl bemerkt und sich im Stillen darüber amüsiert. Bevor sie sich mit ihm einlassen würde, wollte sie ihn aber etwas näher kennenlernen. Das ging auf einer Hochzeitsfeier bestimmt ganz gut. Doch nach dem, was jetzt geschehen war, wusste sie, dass sie die Finger von dem Typen lassen würde. Bentrop machte ihr irgendwie Angst.

Sie zog sich die Schuhe aus und stakste auf Strümpfen hinter ihm her. Bentrop hatte nur eine Sache im Sinn: Er wollte so schnell wie möglich zu seinem Ferienhaus, er musste nachdenken.

»So eine blöde Hochzeit«, schimpfte er unentwegt vor sich hin.

Als er sich in den Porsche fallen ließ, fiel es ihm wie Schuppen von den Augen. »Dieser elende Mistkerl«, schimpfte er. »Mir war doch, als hätte ich Claasen vorhin gesehen.«

Claasen war Bentrops Nachbar, und der hatte tatsächlich ein Motiv, um ihn umzubringen. Der war nämlich stinksauer auf ihn, weil er beim Glücksspiel ein großes Stück Land an Bentrop verloren hatte.

Bentrop spielte gerne und häufig in Hamburg. Er hatte schon viel Geld verloren, aber auch schon 'ne Menge gewonnen. Ein- oder zweimal war auch Claasen dort gewesen, aber sie hatten nie am gleichen Tisch gesessen. Doch vor vier Wochen war das anders gewesen. An Bentrops Tisch war ein Platz frei geworden, und an diesen hatte sich Claasen gesetzt.

»Na, guten Abend aber auch«, hatte der grinsend gesagt und sich niedergelassen.

»Sind Sie sicher, dass Sie wirklich hier sitzen wollen?«, hatte Bentrop extra noch gefragt.

Claasen hatte nur gemeint: »Aber klar doch.«

Na ja, und dann hatte das Desaster seinen Lauf genommen. Also für Claasen, denn Bentrop hatte viel Geld gewonnen und Claasen viel Geld verloren, und er hatte sich noch 'ne Menge von Bentrop geliehen. Aber er musste es zurückzahlen, denn irgendwann weit nach Mitternacht wollte Bentrop gehen. Deswegen hatte Claasen Bentrop gebeten, vorübergehend sein Land als Sicherheit für den Betrag zu nehmen.

Bentrop fand die Idee gut. Ja, er war sogar begeistert. Schon lange hatte er sich über die Kühe und Schafe seines Nachbarn geärgert:

… die sind unnütz, machen Dreck und verpesten die Gegend … ein Hotel, so ein schönes wie auf Sylt, mit einer Sansibar, das müsste man dort hinbauen, das würde was abwerfen, da könnte ich viel Kohle machen …

Als Bentrop dann den unterzeichneten Zettel in der Hand gehalten hatte, hätte er vor Freude aufspringen können. Sekundenlang hatte er darauf geblickt, dann hatte er Claasen mit einem süffisanten Grinsen angeschaut und gesagt: »Damit sind wir quitt.« Und dann hatte er den Spieltisch und das Kasino verlassen.

»Ja … aber … ich bekomme es doch wieder«, hatte

Claasen ihm hinterhergerufen, »ich werde es ausbezahlen …«

Aber Bentrop hatte gar nicht interessiert, was sein blöder Nachbar da gefaselt hatte. Er hatte im Hinausgehen nur mit dem Schuldschein gewinkt. »Keine Chance …«

»Bitte«, hatte Claasen gefleht, »das Land ist schon sehr lange in Familienbesitz.«

»Jetzt nicht mehr«, hatte Bentrop mit eiskalter Stimme gesagt.

Claasen hatte gewimmert, gefleht, aber Bentrop war stur geblieben. Das waren die letzten persönlichen Worte gewesen, die die beiden miteinander gewechselt hatten.

Bentrop war überzeugt davon, dass Claasen versucht hatte, ihn zu vergiften. »Dieses blöde Schwein, den werde ich zur Rede stellen«, zischte Bentrop.

Helga wurde ganz anders zumute. Sie wurde in den Sitz gedrückt, als Bentrop losraste. So schnell wie möglich wollte er zu Claasen fahren. Als sie auf der Koogstraße angekommen waren, drehte er den Motor auf. Er schaltete gerade noch einmal in einen höheren Gang, da blitzte plötzlich etwas an der Seite auf.

»Verdammt«, schrie Bentrop, »das war 'ne Radarkontrolle.«

»Nun beruhige dich doch etwas«, sagte Helga. Sie hatte Angst, dass er vor lauter Wut und wegen überhöhter Geschwindigkeit die Kontrolle über sich und das Auto verlieren könnte.

»Sei still«, zischte Bentrop. »Du hast mir gar nichts zu sagen. Oder willst du aussteigen?«

Helga wollte.

Abrupt bremste Bentrop den Porsche ab. »Ich hol dich später wieder ab. Da vorn ist der Leuchtturm, da kannst du hinlaufen. Wenn du den rot gestreiften Punkt im Auge behältst, kann nichts passieren.«

Er raste wieder los, und Helga blieb mit wild klopfendem Herzen am Straßenrand stehen.

Claasen war auf seinem Hof und fütterte die Hühner im Freigehege. Er hatte dort ein provisorisches Vordach gebaut, das mit einem Pflock abgestützt war. Bentrop fuhr mit Schwung auf den Hof und bremste erst in letzter Minute ab, sodass der Dreck nur so spritzte. Er stieg aus und schaute sich das verschmutzte Auto an. Jetzt ärgerte er sich schon wieder. Heute blieb ihm aber auch nichts erspart. Nun musste er anschließend auch noch in die Waschanlage.

Claasen schaute Bentrop an wie eine Schwalbe, wenn's blitzt.

»… das kann doch nicht …«, stotterte er.

»Doch, das kann. Und wenn ich Sie hier so stehen sehe – so entgeistert, als wenn Sie ein Gespenst sehen würden –, dann haben Sie wohl geglaubt, ich sei tot. Ermordet durch Ihre Hand …«

»… Spritze …«, warf Claasen ein.

Mit geballter Faust ging Bentrop auf Claasen zu. Der versuchte zurückzuweichen – Schritt für Schritt –, er war kreidebleich.

»… ich wollte nicht …«

»Was?«, brüllte Bentrop. »Natürlich, und wie Sie das wollten, Sie …«

Jetzt kehrte Leben in Claasen zurück. »Du hast recht«, sagte er in eiskaltem Ton, »ich wollte, dass du verreckst. Du Schwein hast mir mein Land abgeluchst.«

»Wir sind nicht per du«, schrie Bentrop.

»Das ist mir doch egal«, schrie Claasen, »dann eben: Sie Schwein. Tatsache ist, es handelt sich um mein Land, und es ist schon Jahrhunderte in unserem Familienbesitz.«

»Dann hätten Sie mir Ihr kostbares Land in Hamburg nicht als Spielpfand anbieten dürfen. Ich habe es schwarz auf weiß, mit Ihrer Unterschrift.«

»Es war alles, was ich Ihnen anbieten konnte. Aber natürlich habe ich gedacht, Sie sind so fair und geben es mir zurück, wenn ich es nach und nach abbezahle.«

»Pah«, winkte Bentrop ab, »man sollte eben nur Roulette spielen, wenn man über das nötige Kleingeld und Spielerglück verfügt. Und das trifft bei Ihnen absolut nicht zu. Jetzt müssen Sie eben ertragen, dass ich auf Ihrem … meinem Land ein First-Class-Hotel bauen werde.«

»Du Schwein«, schrie Claasen, »das kannst du nicht machen.«

»Sie Schwein«, schrie Bentrop, »und natürlich werde ich das tun. Ich habe schon mit einem Architekten gesprochen, es gibt bereits die ersten Pläne.«

Claasen schaute sich um und entdeckte seine Mistgabel. Bentrop war seinem Blick gefolgt und ahnte, was der Kerl vorhatte. Jetzt reichte es ihm. Er holte zu einem mächtigen Schlag mit der Faust aus, verfehlte Claasen jedoch, weil dieser blitzartig auswich. Dabei taumelte Claasen rückwärts und stieß mit der Mistgabel gegen den provisorisch angebrachten Pfeiler des Vordachs. Mit lautem Getöse stürzte das ganze Dach in sich zusammen und begrub Claasen unter sich. Nur die Füße schauten noch heraus. Eine riesige Staubwolke machte den Einsturz des Dachs filmreif.

Bentrop schaute auf seine Faust. ›Guter Schlag, schade, dass ich ihn nicht getroffen habe.‹ Er war dennoch zufrieden, aber nur für einen Augenblick. Denn Claasen rührte sich nicht mehr. »Himmel noch mal«, rief Bentrop nun etwas kleinlauter, »der kann doch wohl nicht …« Plötzlich bekam er es mit der Angst zu tun. »Claasen«, rief er mit verhaltener Stimme und schaute sich um, ob irgendwer ihn beobachtet hatte. »Zum Donnerwetter noch mal, was konstruiert der Depp auch so doofe Dächer?«

Aber der Sarkasmus und der Ärger blieben ihm mehr oder weniger im Halse stecken. Er hatte Mist gebaut. Noch einmal schaute er sich um, dabei ging er einige Schritte rückwärts. Erneut rief er Claasens Namen, aber der kroch nicht aus dem Schutt hervor. Es ließ sich auch sonst niemand blicken. Bentrop stieg in den Porsche und raste, so schnell der schmale Weg es zuließ, auf die Koogstraße zurück.

»Zum Teufel noch mal!« Jetzt fiel ihm seine Begleiterin wieder ein. »Warum habe ich die auch mitnehmen müssen? Vergnügen wollte ich mich mit ihr nach der Hochzeitsfeier. Aber dazu habe ich jetzt keine Lust mehr. Ich muss hier weg, und zwar so schnell wie möglich.«

Aber konnte er die Frau einfach herumirren lassen? Die versuchte doch gerade, sich zum Leuchtturm durchzuschlagen. Vielleicht konnte sie ihm ja noch nützlich sein, wegen eines Alibis. Und wenn sie stinksauer auf ihn war und ihn verpfeifen würde? Aber was sollte man ihm schon nachweisen? Keiner hatte ihn gesehen, oder? Eigentlich wäre es sogar ganz gut gewesen, es würde einen Zeugen geben, der gesehen hätte, dass er Claasen nicht berührt hatte.

Bentrop stieg in die Eisen, um so schnell wie möglich zum Leuchtturm zu gelangen. Mit quietschenden Reifen bog er um die Ecke, und zack, nach ein paar Metern wurde er ein weiteres Mal geblitzt. Das war ihm noch nie, aber wirklich noch nie passiert. Bentrop bremste ab, den Typen würde er sich vorknöpfen.

Ole Blumstock war gerade aus seinem Auto ausgestiegen.

»Mensch, das geht ja heute wie am Schnürchen.« Er rieb sich erfreut die Hände.

So oft war gar nix los da bei ihnen hinterm Deich, aber heute hatte er gleich zwei Raser überführt. Er rieb sich die Hände und stellte sich vor die Hecke, um seiner Aufregung freien Lauf zu lassen. Da bekam er von hinten plötzlich einen unerwarteten Schubs und fiel vornüber in die Weißdornhecke.

»Hilfe, was soll das?«, schimpfte er und rupfte an seiner Jacke, um sich aus der misslichen Lage zu befreien. Die Hecke hatte jedoch so hinterhältig große Stacheln, dass sie ihn einfach festhielt und seine Kleidung aufspießte. Ohne Hilfe würde er sich nicht so schnell befreien können, es sei denn, er würde arge Kratzer und diverse Risse in Kauf nehmen.

»So ein verschieteter Mist«, schrie Blumstock und scharrte mit dem Fuß auf dem sandigen Boden.

»Das haben Sie jetzt davon, Sie blöder Blitz-Fuzzi«, schimpfte eine tiefe Männerstimme von hinten.

Das Nächste, was der Polizist hörte, waren quietschende Reifen. Sehen konnte er aus seiner Position nichts, er hing fest.

»Verdammter Mist«, schimpfte Ole Blumstock, »welcher Schietbüddel war das?« Ole bewegte sich ganz vorsichtig, doch dann verharrte er sofort wieder, denn von allen Seiten stachen die blöden Dornen. Das musste er ganz, ganz langsam angehen. Der Typ, der ihm das angetan hatte, der konnte was erleben. Gewalt gegen einen Polizisten, das ging ja man gar nicht, das würde dem Täter eine prächtige Strafe einbringen. Zugegeben, der Typ hatte ihn nicht geknebelt und gefesselt, aber er hatte ihn in die Dornen geschubst, und die hielten ihn genauso in Schach, und das auch noch kopfüber.

Bentrops Reifen drehten durch, er war so was von stinksauer. Jetzt fuhr er in den Weg zum Leuchtturm hinein, bremste jedoch sofort wieder ab, denn Helga saß regungslos auf einer Bank und starrte vor sich hin.

Bentrop öffnete von innen die Beifahrertür und schrie: »Steig ein.«

Solche Szenen gab es doch eigentlich nur im Film, wie bei Bonnie und Clyde. Bonnie hätte sich jetzt schwungvoll in den Sitz geschmissen, hätte die Tür zugeknallt, sich geduckt, und dann wären sie zusammen davongebraust.

Aber Helga war da ganz anders. Sie sah verheult aus, ihre Schminke war verschmiert. Nur widerwillig stieg sie ein. Dabei sagte sie kaum hörbar: »Fahr mich bitte zurück nach Hamburg.«

Ohne ihr eine Antwort zu geben, wendete Bentrop seinen Porsche und fuhr mit quietschenden Reifen in die entgegengesetzte Richtung davon. Wieder machte der Blitzer »blitz«, und wieder regte sich Bentrop tierisch auf. Aber anhalten ging nicht. Da zappelte ein Polizist in der Hecke, und außerdem war er schon vorbei und hätte rückwärtsfahren müssen. Das war ihm jetzt alles zu doof.

# KAPITEL 7

Zurück zu Else und Albert, die ihren Tanz abbrechen mussten. Hansi, Matthis, Ernst und Berti bedauerten sehr, dass sie so plötzlich unterbrochen wurden. Albert versuchte gar nicht, auf die Polizei und die damit verbundene Unruhe einzugehen. Er gab den Burschen hinter Elses Rücken ein Zeichen, dass er etwas zu verkünden habe. Dann nahm er Else in den Arm und drehte sie so, dass sie gar nicht zum Hochzeitszelt blicken konnte.

»Also, Elschen«, sagte er dann, »zur Feier des Tages habe ich eine Überraschung für dich. Komm mal mit. Unsere bayrischen Freunde begleiten uns bestimmt mit Musik.«

»Aber klar doch«, sagte Hansi und schmetterte einen Tusch.

»Aber unsere Gäste …«, versuchte Else vorsichtig zu protestieren.

»Nu gerat mal bloß nich' in' Tüdel. Die werden schon nachkommen, wenn sie sehen, was für eine Überraschung ich für dich habe.«

Oma Else schaute ihren Albert von der Seite an. Er

war heute so redselig und voller Ideen, das erstaunte sie ein bisschen.

Er reichte Else den Arm, damit sie sich unterhaken konnte, dann marschierte er los. Die ›Blechschüsse‹ folgten ihnen, und hinterher gingen deren prächtige Madeln.

Bei der schwungvollen Musik kann man glatt vergessen, dass da vor wenigen Minuten ein Mann vom Stuhl gerutscht ist, dachte Albert. Einzelheiten wollte er gar nicht wissen. Sie waren doch zum Feiern da. Es sollte ein Festtag sein, da durften keine Toten stören.

Einige Konzertbesucher fanden den kleinen, aber irgendwie drolligen Hochzeitszug so nett und mitreißend, dass sie neugierig hinterherspazierten. Albert amüsierte sich im Stillen darüber und gab seiner Else im Gehen einen Kuss auf die Stirn. »Es ist nicht mehr weit«, sagte er beruhigend.

Sie umrundeten eine Scheune, und nun konnte Else sehen, welche Überraschung Albert vorgesehen hatte. Da lag ein bereits aufgeblähter Heißluftballon auf der Seite, dem ordentlich Luft einventiliert wurde.

»Ach du meine Güte, was hast du dir denn da ausgedacht? Du willst doch nicht etwa, dass ich da hineinsteige?«

Der Korb des Heißluftballons richtete sich nun langsam auf, und vor ihnen wartete ein riesiger blauweißer Ballon darauf, sich mit ihnen in die Lüfte zu erheben. In dem braunen Korb stand Rüdiger, er grinste die staunende Gesellschaft an.

Man hörte aufgeregte »Aaahs« und »Ooohs«.

Hansi fand als Erster die Sprache wieder. »Jo mei, da haut's di um. Was für ein geiler Ballon, und der hat auch noch unsere bayrischen Farben. Das nenn ich mal eine Pfundsidee, echt guat.«

»Bitte einsteigen«, rief Rüdiger.

Albert schaute seiner Else tief in die Augen. »Liebes Elschen, jetzt zeig ich dir Eiderstedt von oben. So hast du unsere schöne Halbinsel noch nie gesehen.«

»Aber ich ...«

»Nichts da, protestieren hilft nicht.«

»Das wird eine Mordsgaudi, Oma Else«, schaltete sich der Hansi ein. »I bin scho mal mit dem Hängegleiter geflogen.«

Mareike schaute ihn etwas skeptisch an, zog die Augenbrauen leicht nach oben, kräuselte die Lippen und stemmte die Hände in die Hüften.

»Is' doch wahr«, sagte er. »Es war ein Tandemflug, na und? Schön war's, also beeindruckend, mein ich. Und so ein Flug mit dem Heißluftballon ist bestimmt irre toll. Da hat man eine echt guate Sicht.«

»Na, Elschen, was meinst du? Wollen wir es wagen? So etwas erlebst du so schnell nicht wieder.« Albert führte sie bedächtig an der Hand zum Korb des Heißluftballons.

»Aber Albert«, protestierte sie zaghaft, »wie soll ich denn da überhaupt hineinkommen? Mein Rock ist doch viel zu eng.«

Ihr Liebster hatte aber an alles gedacht. Er hatte zwei große Kerle engagiert, die Else nun rechts und links unter den Arm griffen und so geschickt in den Heißluftballon hoben. Das taten sie danach auch mit Albert. Else lächelte zaghaft, sie fühlte sich etwas überrumpelt. Eigentlich wollte sie gar nicht mit dem blöden Ballon fahren. Doch bevor sie protestieren konnte, erhoben sie sich bereits ganz langsam in die Lüfte.

Rüdiger hatte das gut im Griff, er heizte den Ballon gut ein und lenkte das blaugestreifte Ding ganz professionell. Sympathisch wirkte er auf Else nicht unbedingt, aber die Hauptsache war, dass er etwas von seiner Arbeit verstand und die Sache hier glimpflich ausging.

Als sich der Heißluftballon dann richtig in Bewegung setzte, jauchzte Else, ein bisschen aus Furcht und ein bisschen aus Begeisterung. Ihr Adrenalinspiegel war heftig angestiegen.

»Herrje, niemals hätte ich gedacht, dass ich so ein gefährliches Ding besteigen würde.«

»Ach, Elschen. Wer nicht wagt, der nicht gewinnt.«

»Ja, was soll ich denn bei solch einer Höllenfahrt gewinnen?«

»Mut, meine Liebe. Davon kann man im Alter nicht genug haben.«

»Da hast du wohl recht«, stimmte Else ihm zu.

Vorsichtig blickte sie nach unten. Die vier Bayern machten Musik, aber allmählich wurden sie zu kleinen Punkten.

»Du meine Güte«, sagte Else, »ich hätte meine andere Brille mitnehmen müssen.«

Albert lachte. »Kein Problem, schau mal.« Und schwups, zog er Elses Brillenetui aus der Westentasche. »Das müsste doch die richtige sein, oder?«

»Aber ja doch. Ach, Albert, du hast ja wirklich an alles gedacht.« Sie gab ihm einen schnellen Kuss auf die Wange. Dann setzte sie die Brille auf und beäugte die Umgebung noch einmal genauer.

»Das ist … das ist … Albert, mir fehlen die Worte … es ist so …« Sie holte tief Luft. »Megabombastischoberkrass!« Dabei schaute sie Albert besänftigend an, weil der Ausdruck etwas drastisch war und nicht so ganz zu ihr passte. »So drückt Hinercks immer sein Lob aus«, fügte sie entschuldigend hinzu, »wenn er meine ›Tote Oma mit Schuss‹ trinkt.«

Albert grinste. Er fand es lustig, dass Else so fasziniert war. Auch er war begeistert. »So habe ich die Welt noch nie gesehen.«

»Ich auch nicht«, flüsterte sie.

Bis auf ein paar Schönwetterwolken war nichts am Himmel zu sehen. Na ja, ein paar Möwen, aber die flogen nicht ganz so hoch. So weit man schauen konnte, war das blaue Meer zu sehen, die Wattwiesen, der Deich, und dahinter erstreckte sich ein Teil der Halbinsel Eiderstedt.

Da nur ein lauer Wind wehte, würden sie nicht allzu weit kommen. Sie sahen die einzelnen Höfe, die ihnen so vertraut waren. Mais-, Korn- und Rapsfelder reihten sich aneinander. Sie boten ein herrliches Farbenspiel.

»Ich kann's gar nicht glauben«, sagte Else begeistert.

»Ich auch nicht«, antwortete Albert beglückt und legte seiner Else den Arm um die Schultern.

Langsam trieben sie in Richtung Husum an der Küste entlang.

»Albert, was macht unsere Hochzeitsgesellschaft eigentlich so lange ohne uns? Wissen die Bescheid?«, fragte Else plötzlich erschrocken.

»Unsere bayrischen Freunde wissen, wo wir stecken. Außerdem ist der Ballon für alle sichtbar. Es dauert ja nicht allzu lange, dann sind wir wieder da. Das Stündchen können die auch ohne uns mit Kaffeetrinken und Schnacken verbringen. Außerdem beginnt das nächste Konzert schon bald, da sind die gut unterhalten.«

Nun stutzte Else plötzlich. »Albert, siehst du den schwarzen Punkt da unten herumflitzen? Was ist denn das für ein Dösbaddel? So schnell darf der doch gar nicht fahren!«

Albert schaute erstaunt nach unten. Da raste ein ziemlich schnelles, schwarzes Auto in Richtung Deich und bremste in einem Seitenweg auf einem Hof abrupt ab.

»Da wohnt doch der Claasen«, sagte Else erstaunt.

»Haben Sie vielleicht ein Fernglas dabei?«, fragte Albert den Rüdiger.

»Na klar«, sagte der und zog ein kleines Fernglas aus der Tasche. »Grundausstattung«, fügte er dann noch hinzu.

Albert sah nun genau, dass der Typ da unten ausstieg. Da er ihm aber den Rücken zudrehte, konnte er sein Gesicht nicht sehen, und an seiner Statur konnte er ihn nicht erkennen. Auch war ihm das Auto fremd. Er kannte keine Porschefahrer.

»Lass mich doch mal«, sagte Else und versuchte, an das Fernglas zu gelangen.

»Au, jetzt kratz mich doch nicht«, beschwerte sich Albert. Er war ganz aufgeregt. »Offensichtlich streitet der Typ mit Claasen.«

»Wer ist es denn?«, erkundigte sich Else.

»Ich habe keine Ahnung«, sagte Albert. Er sog entsetzt die Luft ein. »Himmel noch mal, jetzt ist ein Dach über dem Claasen zusammengebrochen.«

»Jetzt gib mir das verflixte Ding«, schimpfte Else. Konnte es sein, dass sie stritten, noch bevor es dunkel wurde?

Albert gab nach. Else drückte sich das Fernglas vor die Augen, konnte aber nur eine Staubwolke und das Bein von dem Typen sehen, das sich jetzt ins Auto schwang.

»Ha«, entfuhr es Else, »der Typ hat schwarze Schuhe mit roten Schnürsenkeln an. Die kommen mir doch sehr bekannt vor. Solche Schuhe hatte vorhin der Klaus Bentrop an. Daran kann ich mich genau erinnern, denn ich fand die Kombination reichlich dekadent. Er hatte nämlich auch noch ein rotes Tuch in seiner Brusttasche stecken.«

»Der Bentrop macht so was …?«

Das Auto raste jetzt los und gelangte auf die Koogstraße. Dort stoppte es ruckartig und fuhr etwas zurück. Der Fahrer des Wagens stieg kurz aus, für einen Moment konnte Else ihn nicht mehr sehen, dann tauchte er nach ein paar Minuten wieder auf, stieg ein, fuhr erneut los, stoppte kurz darauf, jemand stieg ein, dann fuhr der Wagen erneut los. Irgendwie passte dieser seltsame Fahrstil nicht nach Eiderstedt. War das da unten in dem schwarzen Flitzer wirklich der Bentrop? Und wenn ja, warum benahm der sich so dämlich?

Jetzt kam auch noch ein schwarzes Auto aus der anderen Richtung angebraust.

»Himmel noch mal, Albert. Das ist ein Bestattungswagen. Was ist denn da unten nur passiert?«, fragte Else fassungslos.

»Keine Ahnung. Jetzt machen wir uns aber mal nicht verrückt, meine Liebe«, sagte Albert.

»Hast du ein Handy dabei?«

»Nee.«

Rüdiger zückte seines aus der Tasche. »Leider haben wir hier oben keinen Empfang«, sagte er.

»Wenn wir da unten irgendwo am Deich landen, wie kommen wir dann eigentlich wieder zurück zu unserer Hochzeitsfeier?«, fragte Else ihren Albert zaghaft. Ihre Stimme klang ein wenig besorgt.

»Ganz einfach, Elschen. Unsere bayrischen Freunde holen uns mit ihrem VW-Bus ab.«

»Ach, das ist aber nett. In so einem Wagen wollte ich schon immer mal eine Spritztour unternehmen.«

»Geländegängig ist der nicht, aber wir müssen ja auch nicht über die Felder poltern. Eigentlich schade, wär 'ne Mordsgaudi«, sagte Albert.

»Jetzt sprichst du schon wie ein Bayer.«

»Na, so ein Schmarrn aber auch«, gab Albert in einem etwas gekünstelten Bayrisch von sich.

Else lachte, da umarmte Albert sie überschwänglich.

»Nicht so stürmisch. Du bringst uns noch zum Schwanken und den Herrn, der uns durch die Lüfte fliegt, in Verlegenheit.«

»Aber nicht doch«, sagte Rüdiger. »Die Leute sind manchmal recht enthemmt hier oben.«

»Oh là là«, sagte Albert und kniff seiner Else liebevoll in den Po.

# KAPITEL 8

Rieke war tief erschüttert über Rudis Tod. Ihr Vater musste her, und zwar umgehend. Er musste ihr in dieser schrecklichen Situation helfen. Sie wählte die Nummer ihrer Eltern, aber anstatt ihres Vaters meldete sich ihre Mutter.

»Mama, wie gut, dass ich dich erreiche.«

»Was ist los, Kind? Ist was passiert?«

»Ja, es ist etwas ganz Schlimmes passiert.«

»Kannst du noch laufen? Sind alle Knochen noch dran? Soll Papa kommen?«

»Ja, Papa soll kommen. Ich kann das nicht …«

»Was?«

»Das mit dem Rudi …«

»Ich weiß, dass du den Rudi nicht gut leiden kannst. Aber nun lass dir doch von ihm helfen.«

»Das geht nicht!«

»Wieso? Ist der denn nicht auf der Hochzeit?«

»Doch, war er …«

»Und jetzt?«

»Jetzt irgendwie nicht mehr …«

»Was heißt denn irgendwie …?«

»Mama, irgendwie heißt halt irgendwie. Schick mir den Papa.«

»Wieso denn? Rudi soll dir helfen.«

»Das geht nicht.«

»Verflixt, was ist denn los mit dir?«

»Mit mir ist nix los, aber mit dem Rudi …«

»Wieso? Ist der etwa betrunken?«

»Nee, er ist tot!«

»Wer, Rudi?«

»Ja, Rudi!«

»Reg dich nicht auf, Kind! Papa kommt sofort, der setzt sich gleich auf sein Fahrrad.«

So was Dummes aber auch, sie hatte ja das Auto. Na, das konnte länger dauern und bei Gegenwind ewig.

Rieke wollte sich am liebsten in Luft auflösen, so unwohl und überfordert fühlte sie sich mit der ganzen Sache.

»Nun reg dich man nich' so auf, Rieke«, sagte Hinercks, nachdem sie das Telefonat beendet hatte. »Der Rudi muss in den Sarg, und das machen wir schon. Matz und Dr. Arens packen bestimmt mit an.«

Die beiden waren nicht sehr begeistert über Hinercks' Einfall, aber sie widersprachen nicht. Wer sollte die Arbeit auch sonst erledigen? Die zarte Rieke? Nee, gewiss nicht.

Zunächst holten die drei Männer den Zinksarg aus dem Auto und stellten ihn neben den toten Rudi. Dann griffen sie ihn so vorsichtig wie möglich an den Füßen und der Schulter, und Dr. Arens versuchte, Rudis Leibesmitte unter Kontrolle zu halten. Dann hievten sie ihn auf »drei« über die Kante des Sarges. Das Geräusch, das dabei entstand, hörte sich makaber an, wie in einem Gruselfilm. Ungeschickterweise zog Dr. Arens nicht rechtzeitig seine Hände unter Rudis Körper heraus, sodass er in die Knie ging und vornübergebeugt mit dem Kopf auf Rudi im Sarg lag. Er fluchte.

Hinercks eilte ihm sofort zu Hilfe und hob Rudi etwas an, damit Dr. Arens seine Arme herausziehen konnte, was ihm mit Ächzen und Zähneklappern gelang. Er sagte nichts, aber schalt sich im Stillen einen Idioten, dass ihm das passiert war.

Rieke war froh, dass es vollbracht war, und schloss schnell den Deckel. Erschöpft von der ganzen Situation, setzte sich Dr. Arens auf den Sarg, und auch Hinercks nahm Platz. Ein Zischen von Helge machte ihnen klar, dass das wohl nicht die feine Art war. Ruckartig erhoben sie sich.

»Entschuldigung«, stammelte Hinercks, »ich wollte nicht …« Dann fing er sich aber gleich wieder. »Rudi muss gerichtsmedizinisch untersucht werden«, verkündete er. »Rieke, wenn dein Vater da ist, dann muss er ihn nach Husum in die Gerichtsmedizin bringen. Geht das klar, übernehmt ihr das?«

»Ich wart mal ab, bis Papa kommt«, sagte sie zaghaft.

Während Rieke und Hinercks auf Herrn Wüstop

warteten, schwangen sich unsere Freunde aus Bayern in ihren VW-Bus und machten sich auf den Weg, um Oma Else und Dr. Albert wieder einzusammeln. Weit konnten die nicht gekommen sein, viel Wind wehte heute ja nicht.

Als sie auf die Koogstraße in Richtung Husum ratterten, sahen sie in der Entfernung einen schwarzen Flitzer.

Auch Bentrop schaute in seinen Rückspiegel und sah den Bus der ›Gevatter Blechschuss‹. »Hoffentlich sitzt da keiner drin, den ich kenne«, schimpfte er. »Also das brauch ich jetzt wirklich nicht.«

Viel zu spät sah er auf der linken Seite das Schild »Zum Seedeich«, aber die Abfahrt kam für ihn wie gerufen. Er trat in die Eisen und riss das Lenkrad nach links. Mit quietschenden Reifen und einer mächtigen Staubfontäne raste er ungebremst in den Weg hinein, verlor im gleichen Moment die Kontrolle über seinen Wagen, geriet ins Schlingern und raste in einen Graben, in dem eine eklige, braune, stinkige Brühe stand. Der Airbag von Bentrops kreischender Begleiterin poppte auf und versteckte sie für einen Moment darunter. Bentrop war froh, ihr Gesicht nicht zu sehen, in wenigen Sekunden würde sie wieder zum Vorschein kommen, wenn die Luft langsam aus dem Airbag entweichen würde. Das galt es für ihn zu vermeiden.

Helga war geschockt über das, was ihr widerfuhr, und unfähig, irgendetwas zu tun. Aber Bentrop war geistesgegenwärtig. Er sah, dass am Gartentor des Bauernhauses zu seiner Linken ein grünes Bonanzafahrrad lehnte. Blitzartig öffnete er seine Tür, quetschte sich hinaus, griff sich seinen Rucksack aus dem Kofferraum und rannte zum Fahrrad hinüber. Ohne auf die Hilferufe seiner Begleiterin zu achten, die vergeblich versuchte, den Sicherheitsgurt zu öffnen, schnappte er sich das Fahrrad und radelte los. Bentrop fluchte. Der Sitz war zwar irgendwie gemütlich, aber er hätte jetzt ein ergonomisch anders gestyltes Fahrrad gebraucht, ein Rennrad oder Mountainbike vielleicht.

Mit Schwung fuhr er zum Deich, der war in Sicht, greifbar, nur ein paar Meter. Dort öffnete er das erste Gatter, ließ es fluchend wieder ins Schloss fallen und fuhr dann im Schutz der hohen Maisfelder am Deich entlang. Er war froh, dass ihm keiner folgte, weit und breit war niemand zu sehen. Fast konnte er ein bisschen das Wetter und die Landschaft genießen, wären da nicht die blöden Schafe gewesen mit ihren elenden Hinterlassenschaften. Immer wieder musste er die Beine heben, um sich nicht vollzuspritzen.

»Blöde Viecher«, keifte er die Schafe an, die ihn vom Wegrand beäugten. Aber die ließen sich nicht aus der Ruhe bringen und chillten weiter, nur ein paar wenige erhoben sich und trotteten gemächlich zur Seite. Sie waren den irren Fahrstil von Helge gewohnt, da brachte sie so schnell nichts aus der Ruhe. Dagegen war der von Bentrop gemächlich. Da bis auf die Schafe niemand anwesend war, bremste Bentrop plötzlich ab. Ihm war eine Idee gekommen.

Jetzt war ein guter Zeitpunkt für eine äußerliche Veränderung. Er huschte etwas in das Maisfeld hinein, ging dort in die Hocke und öffnete den Rucksack. Darin befanden sich lauter Utensilien, die das Äußere von Bentrop so verändern konnten, dass er nicht mehr wiederzuerkennen war. Das machte er häufig so.

Er wählte eine schwarze Perücke mit üppigen Locken und eine ebenso schwarze Sonnenbrille. Außerdem entschied er sich für grüne Kontaktlinsen, eigentlich hat er braune Augen. Er war jeden Handgriff gewohnt, sodass die ganze Umgestaltung ruck, zuck ging. Dann steckte er seinen feinen Blazer in den Rucksack und zog sich eine coole Lederweste über. Er wechselte auch schnell noch seine feinen Schuhe gegen Turnschuhe aus. Nun war er absolut nicht mehr als eleganter Hanseat zu erkennen. Jetzt passte er bestens zu dem supercoolen Fahrrad.

Bentrop schwang sich enthusiastisch auf den Drahtesel, hängte sich den Rucksack wieder um und radelte los. Kaum, dass er wieder Fahrt aufgenommen hatte, bog doch tatsächlich ein anderer Fahrradfahrer um die Maisfeldecke.

Es war Wüstop. Er war schwarz gekleidet und auf dem Weg zu seiner Rieke. Etwas irritiert schaute er Bentrop an. Was ist denn das für ein gelockter Heini, der da auf dem Bonanzafahrrad fährt? Ist das nicht

Helges Fahrrad? Ob der ein Gast ist? Solch einem Typen bin ich hier am Deich noch nie begegnet.

Wüstop stellte Bentrop keine dieser Fragen, allerdings war sein skeptischer Blick Warnung genug für Bentrop. Er versuchte deshalb gleich, von sich abzulenken. »Wie gut, dass wir uns begegnen«, rief er dem Mann zu. »Ich bin hier Gast an der Nordsee und kenn mich nicht so gut aus.« Eigentlich kannte er sich schon ein bisschen aus, seine Ferienhäuser fand er immer. Aber er hatte noch nie viel für die Umgebung übriggehabt. Für den Bettenwechsel und die ganze Putzerei war eine junge Frau aus Osterhever zuständig, die bezahlte er ganz gut. Er kam nur ab und an mal vorbei. »Wo ist denn die nächste Bushaltestelle?«, fragte er den Mann, denn mit dem Fahrrad war er hier noch nie rumgegurkt.

Er wollte den nächsten Bus, der ihm begegnete, nach Husum nehmen, um Erika zu besuchen. Das war ihm in den Sinn gekommen, während er sich umgestylt hatte. Erika liebte diesen Look. Sie hatte ihn geliebt, sie war in seinen Armen zerflossen und hatte ihm alles gegeben, all ihre Liebe und all ihr Geld. Bentrop hatte sich schon länger nicht mehr bei ihr blicken lassen, aber sie würde schon nicht böse sein. Zumindest hoffte er das. Er würde bei ihr unterschlüpfen, ein bisschen Spaß mit ihr haben und einen Plan schmieden, wie es für ihn weitergehen sollte.

»Ich dachte mir schon, dass Sie hier Urlaub

machen«, sagte Wüstop, »ich habe Sie hier nämlich noch nie gesehen.«

Bentrop ging nicht darauf ein, er beäugte Wüstop und sagte:

»Nettes Fahrrad haben Sie da. Aber ist das nicht 'ne Nummer zu klein für Sie?«

»Ja, so ist das wohl, aber ich muss schnell zu meiner Tochter. Ich bin im Dienst sozusagen, der radelnde Leichenbestatter, hoho. Wüstop mein Name, das Fahrrad gehört meiner Tochter Rieke. Ich weiß, es ist viel zu klein für mich, aber meins war platt, und mein Wagen ist schon unterwegs zur Leiche. Ja, ich muss dann auch mal weiter. Ihr Fahrrad ist übrigens wirklich supercool.«

»Jaja, find ich auch, aber was sagten Sie noch? Wo ist die nächste Bushaltestelle?«

»Ach, na klar, da war ja noch was, ha. Also«, sagte Wüstop, »das ist ganz einfach. Sie radeln am Deich entlang, bis Sie zu einem großen Gatter kommen. Da steht ein schönes Haus am Wegesrand, das können Sie nicht verfehlen, es hat blaue Klappläden. Dort fahren Sie den Deich hinauf, also ich würd ja schieben, und dann fahren Sie oben auf dem Deich entlang, bis Sie zu einem kleinen Gasthaus kommen. Daran fahren Sie vorbei, fahren den Weg auf dem Deich etwas hinauf und auf der anderen Seite wieder hinunter, und dann kommen Sie direkt zu einem kleinen Hafen mit einer Badestelle. Also, ich find die ja nicht so attraktiv, aber die Einheimischen, die baden da gerne. Dort fahren Sie vorbei und kommen dann zu einem Metalltor. Dort müssen Sie hindurch, und von dort an zählen Sie langsam bis 50. Dann halten Sie an und klettern den Deich, der sich zu Ihrer Rechten befindet, hinauf. Wenn Sie alles richtig gemacht haben, müssten Sie von oben ein kleines Dörfchen sehen. Dort radeln Sie hin, im Ortseingang befindet sich eine Bushaltestelle.« Wüstop holte Luft.

»So, nun wird es aber höchste Zeit für mich.«

»Ich muss dann auch mal los«, sagte Bentrop.

Er trat in die Pedale, Wüstop ebenso.

»Wenn Sie mal eine Leiche loswerden wollen, wir holen sie ab. Wüstop mein Name …, Wüstop …«, rief Wüstop, während er in die andere Richtung davonfuhr.

»Jaja«, rief Bentrop, »viel Spaß mit Ihrer Leiche.«

Das Leichengeschäft musste ja gut laufen, dachte er bei sich. Sonst würde der doch nicht so happy sein. Obwohl, vielleicht freut der sich auch nur, dass er hier in der Einöde mal was zu tun hat. Irgendwas Sinnvolles will der ja auch machen. Was bin ich froh, dass ich nicht so oft hierherkommen muss, sondern die meiste Zeit über in Hamburg oder sonst wo bin.

Wüstop wunderte sich sehr, dass der Typ das froschgrüne Fahrrad von Helge fuhr. Das Ding war Helges ganzer Stolz. Wieso hatte er es dem Gelockten geliehen? Er würde ihn fragen. Er würde ihn ja in einer halben Stunde auf Gut Hasselstein sehen. Wenn er allerdings einen Platten bekommen würde, dann dürfte es wohl länger dauern. Hatte er überhaupt Flickzeug dabei?

Bentrop trat kräftig in die Pedale. Er versuchte, sich keine weiteren Gedanken zu machen. Er fand seine Tarnung perfekt und fühlte sich sicher. Keiner würde ihn erkennen, bis auf Erika natürlich. Und das war in Ordnung so, die sollte ihn ja auch erkennen.

Für einen klitzekleinen Moment hatte Bentrop nicht aufgepasst, und schlupp, fuhr er durch einen Schafschietehaufen. Die Schiete spritzte ihm bis zum Knie hinauf. »So ein elender Mist«, schimpfte er. »Wäre ich doch nur in meinem Ferienhaus geblieben! Das ist alles nur wegen der blöden Schnepfe Helga passiert. Die wollte ja unbedingt zurück nach Hamburg. Dumme Kuh.« Bentrop war sauer. »Und jetzt hängt die auch noch heulend in ihrem Gurt fest, und ich muss mich tarnen, damit mich keiner erkennt. So ein elender … Schitteschitt!« Die Schafschiete spritzte ihm erneut an die Hose.

# KAPITEL 9

Else hatte vom Heißluftballon aus plötzlich einen Radfahrer im Blick. Wie aus dem Nichts war er auf einmal über den Deich gerast und fuhr dann wie ein geölter Blitz auf die Hauptstraße, die nach Husum führte. Was sie völlig verwirrte, war das froschgrüne Bonanzafahrrad, auf dem er saß. Ein solches Fahrrad fuhr doch Helge. Dass es dies ein zweites Mal gab, konnte sie sich nicht vorstellen. Irgendwie sah der Typ, der darauf hockte, reichlich seltsam aus. Vielleicht war er ein Urlauber, und Helge hatte es ihm geliehen. Aber irgendwie passte das nicht … Sie sah dem Fahrradfahrer skeptisch zu, wie er da hektisch herumkurvte. Lange würde sie ihn nicht mehr sehen können, der Ballon driftete etwas seitwärts ab, denn der Wind drehte sich.

»Demnächst werden wir die Landung vornehmen«, sagte Rüdiger, »da unten ist eine große Wiese, die steuere ich gleich mal an.«

»Och«, entfuhr es Else enttäuscht.

»Schon vorbei?« Auch Albert war traurig, dass sich das luftige Abenteuer dem Ende zuneigte. Aber sie mussten ja schließlich auch an ihre Gäste denken. Als Erstes würden sie jedoch Hinercks den seltsamen Vorfall bei Claasen auf dem Hof melden und ihm den Typen beschreiben, der auf Helges Bonanzafahrrad herumfuhr.

Der Blick von hier oben war einfach großartig gewesen, das konnte so schnell nichts toppen, den würden sie echt vermissen. Es war auch praktisch, von oben konnte man alles so gut beobachten. Jeden Drönbüdel hatte man bestens im Visier. Leider würden sie, wenn sie wieder gelandet waren, bestimmt die Spur des Fahrradfahrers verlieren.

Nun sahen sie den VW-Bus der ›Gevatter Blechschuss‹, der ebenfalls hektisch da unten herum fuhr. Der Ballon war von der geplanten Route abgekommen, und deswegen war denen da unten sicher nicht klar, wo er landen würde. Aber so war es eben mit dem Wind an der Nordsee, der konnte sich schnell drehen.

Eigentlich könnten wir auch unseren Freunden aus Bayern die Sache mit dem Fahrradfahrer erzählen, dachte Albert, und dann nehmen wir gemeinsam die Verfolgung auf. Den durften sie doch nicht einfach so davonkommen lassen, schließlich war das Bonanzafahrrad Helges ganzer Stolz.

Reichlich mysteriös war diese Angelegenheit schon, da waren sich Else und Albert einig. Dem Rüdiger hatten sie davon gar nichts erzählt, der sollte man schön den Ballon lenken.

Die Sache mit dem schwarzen Auto war mehr als rätselhaft. Sie hatten es jetzt aus den Augen verloren, weil sie mit dem Ballon in einen schlechten Winkel geraten waren.

Bentrop hatte genau den Weg genommen, den Wüstop ihm beschrieben hatte. Es lief alles wunderbar, sodass er schließlich das Dörfchen in Augenschein nehmen konnte, in dessen Ortseingang er die Bushaltestelle zu finden hoffte. Nun galt es nur noch, den Deich wieder hinabzurollen, das machte er schräg. Dann fuhr er die Hauptstraße entlang, das klappte. Dann bog er in die Dorfstraße ein, auch das gelang ihm. Allerdings verfiel er kurz darauf in einen irren Schimpfmonolog, denn der Bus nach Husum fuhr ihm in Sichtweite vor der Nase davon.

Oh, Bentrop war stinksauer. Der nächste Bus würde sicher erst in einer halben Stunde fahren. So lange würde er aber nicht warten. Nö. Er wendete sein Fahrrad und radelte dem Bus wild entschlossen hinterher. Vielleicht würde der Fahrer ja anhalten und ihn noch mitnehmen.

Bentrop radelte und radelte und winkte dem blöden Bus zu, aber der entfernte sich immer weiter von ihm und schien ihn nicht zu bemerken. Vielleicht wollte ihn der Busfahrer auch gar nicht sehen, und es machte ihm Spaß, ihn zu quälen. Na warte, dem würde er es schon zeigen …

»Verschissener Möwenschitteschitt, elender …«,

schimpfte Bentrop. Zum Glück war wenigstens das Wetter gut. Also mit Regen würde er ja man gar nicht zurechtkommen, da wäre er absolut aufgeschmissen.

Er trat nun so dolle in die Pedale, dass er mit der Hand seine üppigen Locken festhalten musste, denn er befürchtete, dass ihm der Fahrtwind oder eine unerwartete Böe die Tarnperücke vom Kopf fegen könnte.

Es war ein drolliger Anblick, wie er da so herumkurvte, aber trotz aller Bemühungen, aller angespannter Muckis in den Oberschenkeln klappte es nicht. Er sah, wie der Bus in der Entfernung anhielt, aber immer dann, wenn er den Eindruck hatte, die Distanz würde sich verringern und er würde ihn noch erreichen, fuhr der Bus wieder los, und Bentrop musste erneut wie ein Wilder losstrampeln. Auf halber Strecke nach Husum verlor er dann das Monster auf vier Rädern endgültig aus den Augen. Das ärgerte ihn sehr.

Aber das Glück war dennoch auf seiner Seite. Sagen wir, Glück im Unglück, denn dem Glücksmoment folgte sogleich das Unglück. Bentrop wurde von dem nachfolgenden Bus eingeholt. Er hörte einen Motor und wie er sich näherte. Ein Blick über die Schulter erfreute ihn und bestätigte seine Hoffnung, dass es ein Bus war. Justament fuhr er in diesem Moment an einer Bushaltestelle vorbei. Er trat in die Bremse, die Backen pressten sich augenblicklich dermaßen heftig zusammen, dass er – peng – über die Bonanzafahrradlenkerstange flog.

»Uuuahhh«, schrie Bentrop auf, rückte sich dann besonnen die Brille zurecht und korrigierte schnell die Perücke. Er hatte eine Schürfwunde am Ellbogen, die brannte, und auch das Knie schmerzte, aber ansonsten war nichts weiter passiert. Er kam auch recht geschickt wieder auf die Beine. Da er direkt an der Bushaltestelle zu Fall gekommen war, stoppte der Bus unmittelbar hinter ihm. Bentrop sah das große Ding mit Argwohn an, aber er war erleichtert, dass es endlich da war.

Der Busfahrer sprang besorgt heraus. »Kann ich Ihnen helfen? Das war man wirklich ein First-Class-Abgang, hab ich so hier noch nie gesehen. Bei uns an der Küste ist man eigentlich etwas vorsichtiger unterwegs. So wie es aussieht, geht es Ihnen aber gut. Oder trügt mein Eindruck? Waren das die Bremsen? Das sind ja echt gute Dinger, aber ist ja auch ein geiles Fahrrad.«

»Da liegen Sie richtig. Die Dinger haben prompt gebremst, aber damit hatte ich gar nicht gerechnet.«

»So ein Fahrrad kenne ich von meinem Bekannten Helge. Dass es das zweimal gibt, ist ja klasse«, sagte der Busfahrer.

»Ausgeliehen habe ich es …«, erklärte Bentrop, »… wird abgeholt. Ich soll es hier stehen lassen. Können wir jetzt bitte losfahren? Sie fahren doch sicher nach Husum, oder?«

»Jo, näch, das hatte ich so vor. Dann man rein mit Ihnen.«

Bentrop lehnte das Fahrrad an das Bushaltestellenschild und kritzelte schnell noch ein »Danke, war nur ausgeliehen« auf einen Kassenbon, den er in der Hosentasche stecken hatte. Er wollte auf keinen Fall Ärger bekommen. Das Fahrrad war echt die Wucht. So ein tolles Rad würde Helge, oder wie der auch immer hieß, sicher kein zweites Mal bekommen. Den Bon klemmte er unter den Gepäckträger, dann stieg er in den Bus.

Die Fahrt über schwieg Bentrop. Er hatte aber auch nicht die geringste Lust, sich zu unterhalten. Er rutschte in seinem Sitz etwas nach unten und schaute schmollend aus dem Fenster. Innerlich schmiedete er einen exakten Plan, wie er vorgehen würde, um Erika zu treffen. Irgendwo musste er noch Blumen auftreiben. Rote Rosen mochte sie so gerne, oder war das Elfriede gewesen …?

Na egal, Rosen sind doch Rosen, da sollte die man nicht so kleinlich sein.

Mit dem Bus ging die Fahrt ratzfatz. Bentrop stieg beim Parkhaus, direkt am Husumer Hafen, aus. Da gab es jede Menge Geschäfte und bei der Marktkirche einen schönen großen Blumenladen. Bentrop ging los und bestaunte sich dabei in den Schaufensterscheiben. Er fand sich klasse. Die Schürfwunde am Arm schmerzte zwar, aber das ließ er sich nicht anmerken. Und das Loch in der Hose war nun mal drin, aber Löcher waren doch ohnehin grad modern. Er zog etwas den Bauch ein und drückte die Brust heraus.

Mit seinem Rucksack hielten ihn bestimmt alle für einen Urlauber. Die Leute, die ihm entgegenkamen, sahen ihn etwas skeptisch an. Was sie wohl über ihn dachten? Wie ein Verbrecher sah er ja wohl nicht aus, es schien sich zumindest keiner vor ihm zu fürchten.

Sie finden mich bestimmt unseriös, dachte Bentrop, ja, das ist wohl passend. Aber es ist auch in Ordnung, denn die Erika mag das so. Die steht auf Typen wie mich.

Bentrop war in sich und seine unseriöse Rolle so richtig verliebt.

»Was für ein aufgemotzter Gockel«, hörte er eine Frau im Vorbeigehen sagen.

Bentrop pfiff ihr frech hinterher und lachte schallend.

Mit leicht wippenden Schritten steuerte er den Marktplatz mit dem Blumenladen an. Heute hatte er Glück, tiefrote Rosen stachen ihm sofort ins Auge. Er nahm gleich 20 davon und ließ sie in zartes Papier einpacken. Dann machte er sich fröhlich pfeifend auf den Weg zu Erika.

Irgendwie schon seltsam, ging es ihm durch den Kopf, die ganze Sache vorhin. Mit der unfähigen Helga auf der Hochzeit und die verrückte Situation mit meinem Feriennachbarn, mein Unfall und die Gurkerei mit dem grünen Fahrrad. Also, das würde ihm niemand glauben, was er da so erlebt hatte. Allerdings lagen die Begebenheiten nun auch schon wieder ein paar Stunden zurück. Und jetzt war er ja auch gar nicht mehr Klaus Bentrop aus Hamburg, sondern Kalle König aus Hamburg, Besitzer eines Billardsalons. Hoffentlich hatte er noch alles über Kalle im Kopf. Nicht, dass er die Erika völlig verwirren würde. Bei dem Gedanken an ein Wiedersehen war ihm schon ein wenig mulmig zumute. Aber er musste untertauchen, zumindest für ein paar Tage, bis Gras über die Sache gewachsen war.

Keiner würde Klaus Bentrop finden, denn den gab es in Wirklichkeit gar nicht. Also in echt hieß er ja Klaus Anselm. Den Namen Bentrop hatte er von seiner Frau. Sie war eine seiner ersten Verbandelungen gewesen, aber geheiratet hatte er sie nur, weil er die Aussicht auf zwei Ferienhäuser an der Nordsee ganz schick fand. Sie hingegen hatte ihn wirklich geliebt, und vor ihrem frühen Tod hatte sie ihn gebeten, sie zu heiraten. Na ja, und das hatte er getan, weil sein Geldbeutel zu der Zeit ziemlich leer gewesen war. Von da an hatte er ihren Namen getragen. Jetzt würde ihm das zugutekommen, denn nun konnte er wieder zurückswitchen zu seinem ursprünglichen Nachnamen Anselm, und den kannte hier außer ihm keiner. Die Polizei würde nach einem Phantom suchen, und damit würde sich die Sache von selbst erledigen. In ein paar Tagen würde er Peter Nolle werden, und dann würde es mit dem Schiff ab nach Malta gehen. Dort war er noch nie gewesen. Aber da hatte Tine eine Ferienwohnung, und die wollte er besuchen.

Tine sah ganz gut aus, also sagen wir, so lala. Aber was einzig und allein für Bentrop zählte, war ihr Geld, und davon hatte sie nicht zu knapp, denn sie war reich verwitwet.

Herrje, jetzt wurde ihm ganz heiß und dann wieder kalt, denn ihm fiel ein, dass er den Porsche, den er vorhin mit der Helga in den Graben gelenkt hatte, auf den Namen Kalle König geliehen hatte. Er hatte eine Kopie seiner top gefälschten Papiere dort liegen lassen.

Schitteschitt, aber wie sollen die in Hamburg eigentlich darauf kommen, dass ich in Husum bin? Also Klaus, nun beruhige dich mal, wird alles glattgehen. Bisher ist immer alles gut gegangen, und du musstest noch nie über Leichen gehen … Obwohl diesmal …? Er verdrängte den Gedanken an seinen Nachbarn auf Eiderstedt. Vielleicht war der ja auch längst wieder unter dem Schuttberg hervorgekrochen, und außerdem hatte er ihn ja gar nicht berührt.

Bentrop beschleunigte seine Schritte, und es dauerte keine fünf Minuten, da stand er vor Erikas Tür und klingelte.

Wie war das noch? Zweimal lang, dreimal kurz, oder umgekehrt? Na egal, etwas zaghaft drückte er mit einem inneren Instinkt und zärtlichem Feingefühl in der Zeigefingerspitze zweimal lang auf den Klingelknopf, einmal kurz ließ er noch schnell folgen. Dann stand er mit klopfendem Herzen da und wartete. Es tat sich nicht gleich etwas, aber er blieb geduldig stehen. Dann endlich, nach ein paar Minuten, öffnete Erika die Tür. Im ersten Augenblick strahlte sie ihn an, doch dann wurde sie ganz ernst. Hatte sie jemand anderen erwartet?

»J…a, Klaus, wie schön, dich zu sehen«, sagte sie dann, und da war es wieder, ihr schönes Lächeln. »Wie kommst du denn hierher? Wir haben uns ja eine Ewigkeit nicht mehr gesehen. Ich hatte schon gedacht, wir sehen uns gar nicht mehr wieder.« Ihrem Blick konnte Bentrop nicht eindeutig entnehmen, ob sie nun böse war oder einfach nur froh, dass er wieder da war.

»Ach, Erikalein«, versuchte Bentrop, den Moment des Wiedersehens zu retten. »Schau, was ich dir mitgebracht habe.«

»Rosen, ja, das ist nett. Aber meine Farbe ist eher Gelb. Aber das ist nicht so schlimm, gib doch mal her. Wie lie…b.« Sie nahm ihm die Blumen ab, etwas zu grob, wie Bentrop fand, und steckte ihr kleines Näschen mitten in die Rosen. »Ist ja irre, wie toll die duften. Danke. Möchtest du hereinkommen?«

Und wie Bentrop wollte, aber Erika war ihm nicht so ganz geheuer, sie klang irgendwie etwas irre. Dennoch stieg er die drei Stufen zu ihr hinauf, nahm ihr Bussi auf die Wange entgegen, erwiderte es und betrat ihr Haus. Leise machte sie die knarzende Tür hinter ihm zu.

# KAPITEL 10

Hinercks' Handy klingelte, als er da auf dem Zinksarg hockte. Erschrocken schaute er auf sein Display. »Anonym« stand da. Sollte er drangehen und fragen, wer da was von ihm wollte? Das Handy klingelte unermüdlich die Filmmelodie von »Der dritte Mann«. Die ist im Original mit Zither super, aber als synthetischer Klingelton … Hinercks bereute schon seit Längerem, dass Helge ihn zu diesem Klingelton überredet hatte. Er nervte auf Dauer. Wer konnte das nur sein?

»Willst du nicht mal drangehen?«, fragte Matz nervös. »Vielleicht hat es mit dem Rudi zu tun.«

Der Gedanke war Hinercks auch schon gekommen. »Na gut.« Kaum hatte er auf den grünen Hörer gedrückt, erklang eine aufgeregte Frauenstimme.

»Mensch Hinercks, schön, dass du auch mal an dein Telefon gehst. Hier ist Lisa. Ich bin grad auf dem Weg zur Hochzeit von Else und Albert. Ich bin viel zu spät dran, weil mein Zug Verspätung hatte. Aber stell dir vor, ich fuhr gerade die lange Koogstraße entlang, und da hab ich mich ein bisschen umgesehen, weil ich ja schon lange nicht hier war. Und was entdecke ich da? Einen Porsche, der im Graben liegt. Den muss jemand vor Kurzem dort mit Karacho hineingefahren haben. Die Fahrertür steht offen, aber weit und breit ist niemand zu sehen. Wäre es möglich, dass du vorbeikommst und dir die Sache mal genauer anschaust? Ich finde das demolierte Auto ohne Insassen ziemlich mysteriös. Vielleicht kennst du ja den Wagen und den Fahrer.«

»Wo bist du denn?«, fragte Hinercks nur knapp.

»Auf dem Weg, der zum Seedeich führt. Hier wohnt doch der Helge, wenn mich nicht alles täuscht.«

»Den bring ich mit. Ich bin gleich bei dir.«

Hinercks brauste unverzüglich los, und es vergingen keine zwölf Minuten, da stand er neben Lisa und umarmte sie herzlich. »Komische Umstände, unter denen wir uns hier treffen.«

»Eigentlich bin ich ja zum Feiern da.« Lisa lächelte ihn an.

»Lass mal sehen, was mit dem Porsche passiert ist.« Hinercks schlich um das Auto herum, ohne es zu berühren. Alles deutete auf einen Unfall hin.

Auch Lisa nahm den Wagen in Augenschein und besah sich den Schaden an der Motorhaube in gehockter Position.

»Bestimmt hat der zu viel Speed draufgehabt«, sagte Hinercks.

»Sieht so aus.«

Nun bogen auch Matthis, Ernst, Berti und Hansi in den Seeweg ein und stiegen aus dem VW-Bus. Else wollte kurz bei Helge vorbeischauen, um zu sehen, ob sein Bonanzafahrrad am Zaun lehnte. Da stellte er es nämlich häufig ab.

»Ein Jammer um das schöne Auto«, sagte Hansi. »Ich glaub, der stand beim Fest nicht weit von uns entfernt. Ist echt ein Pfundsding, damit kannst du dich so richtig durch den Asphalt fräsen, echt guat.«

»Oder in den Graben setzen«, sagte Lisa und erhob sich grinsend.

»Ja, pfiat di, servus, Schwesterherz, ich habe dich ja gar nicht bemerkt.«

»Nö, wie auch, ich habe ja da gehockt. Aber was macht ihr hier, und warum habt ihr Else und Albert dabei?« Sie war reichlich erstaunt. Gab es gar keine Feier, und wo waren die anderen Gäste?

»Lisa, wie schön, dich zu sehen«, sprudelte nun Else los. »Ihr könnt euch gar nicht vorstellen, was wir beobachtet haben. Also, erst einmal muss ich sagen, dass es gar nicht so einfach war, aus dem Heißluftballon wieder herauszukommen. Aber Rudi, Hansi, Berti und Ernst haben mir und Albert kräftig unter die Arme gegriffen. Als wir wieder festen Boden unter den Füßen hatten, waren wir zwar erleichtert, aber gleichzeitig auch schrecklich traurig. So einen irren Ausblick werden wir so schnell nicht wieder haben. Der Heißluftballon gab ein arg trauriges Bild ab, wie er dann so verlassen und schlaff auf der Seite lag …«

»Else, nun komm doch mal zur Sache.« Hinercks trat unruhig von einem Fuß auf den anderen.

»Entschuldige, natürlich, also …«

Und nun erzählte Else mit akribischer Genauigkeit, was sie und Albert vom Heißluftballon aus beobachtet hatten. Auch ihre Vermutung, dass es Bentrop gewesen war, der Übles mit Claasen angestellt hatte, äußerte sie.

»… es waren seine Schuhe, da bin ich mir ganz sicher.«

Hinercks zückte sein Handy aus der Jackentasche und rief Matz Willdorn an, um ihm mitzuteilen, dass er sich auf Claasens Hof umschauen solle. Der fand es klasse, endlich hatte er etwas krass Wichtiges zu tun. Eigentlich hatte er die Personalien der Besucher aufnehmen sollen, aber das übernahm nun freundlicherweise der Organisator des Schleswig-Holstein-Musik-Festivals. Matz Willdorn fuhr mit Dr. Arens zu Claasens Hof.

Hinercks wartete schon gespannt darauf, was Matz ihm berichten würde. Der wollte sich umgehend melden, sobald er Genaueres wusste.

»… und ihr habt nicht gesehen, wo die hin sind?«, fragte Hinercks nun zum dritten Mal.

»Plötzlich war der weg«, meinte Else. »Also der Genauigkeit halber muss man sagen, *wir* waren weg. Der Ballon stand plötzlich so ungünstig im Wind, dass wir nichts mehr von Bentrop sehen konnten. Aber der elende Kerl darf nicht entkommen, der hat den Claasen auf dem Gewissen.« Else japste nach Luft.

»Nun beruhige dich mal, meine Liebe. Wir haben mit der Aufklärung doch gar nichts weiter zu tun. Wir wollen unsere Hochzeit feiern«, sagte Albert beschwichtigend.

Hansi und die anderen drei nickten eifrig.

»Der Hinercks wird das schon machen. Ich würd sagen, wir fahren jetzt mal zum Gut zurück und vergnügen uns weiter«, versuchte Albert, sein Elschen noch einmal zu beruhigen.

»Das ist 'ne super Idee«, sagte der Berti, »und Musi mach'n mir auch noch. Es muss doch noch getanzt werden.«

Else schaute Hinercks fragend an.

»Das ist voll okay, Else«, sagte er. »Wir kommen bald nach.«

Hinercks bezweifelte zwar, dass er das schaffen würde, aber er wollte Else nicht allzu sehr enttäuschen. »Wenn ich was von Matz gehört habe, werde ich am Deich entlangfahren und mich dort umschauen«, sagte er. »Weit können die zu Fuß ja nicht gekommen sein.«

»Aber in welche Richtung willst du denn fahren? Nach links zum Leuchtturm oder nach rechts zum Hafen?«, fragte Else.

»Wenn die Sankt Peter-Ording ansteuern wollten, brauchten die einen fahrbaren Untersatz. Ansonsten sind die zwei Tage unterwegs.« Hinercks kratzte sich am Kopf.

Ein wütender Schrei unterbrach ihn. »So ein elender

Mist, mein Fahrrad ist geklaut worden«, schimpfte Helge los. »Irgendein Idiot hat mein schönes Bonanzafahrrad gestohlen. Ich bin mir ganz sicher, dass ich es vorhin dort am Zaun angelehnt habe.«

Bevor Hinercks etwas dazu sagen konnte, hatte Else das Wort ergriffen und erzählte von dem schwarz gelockten Typen auf Helges Bonanzafahrrad.

»Siehste, Albert, da war meine Vermutung, dass es Helges Fahrrad ist, richtig.«

»Und auch den habt ihr plötzlich aus den Augen verloren?«, fragte Hinercks verwundert.

»Nee, ganz so war es da auch nich'. Wir sind erneut mit dem Ballon abgetaucht, wegen dem Wind, und dann konnten wir den nicht mehr sehen. Leider haben wir keine Ahnung, wo der hin is'.«

»Na, der kann was erleben, wenn ich den in die Finger bekomme.« Helge war stinksauer. »Ich fahr jetzt an die Stelle am Deich, an der ihr ihn gesehen habt. Vielleicht steckt der da noch irgendwo. Wehe dem, wenn er meinem Fahrrad was zuleide tut. Hinercks, hilfst du mir? Kannst du mich fahren?«

»Nö, näch, das kann ich wohl nich' tun. Ich muss jetzt mal hier den Unfall aufnehmen, auf die Nachricht von Matz warten und dann am Deich entlangbrausen. Die Sache hat man Vorrang, nich'?«

»Na, danke schön. Weißt du noch, wie oft ich dir schon geholfen habe? Mann, verdammt, Hinercks, der Typ hat mein Fahrrad geklaut. Da fährt irgend so ein Irrer herum ...«

»War schon ein seltsamer Kerl«, sagte Else bestätigend.

»Elschen, wir sollten jetzt los. Komm, meine Liebe, nun überlass mal dem Hinercks und der Lisa die Arbeit. Wir feiern jetzt Hochzeit.« Albert gab Else einen Schmatzer auf den Mund, der sie erröten ließ. Dann ergriff er ihre rechte Hand und schaute Hilfe suchend zu Hansi. Der eilte an ihre andere Seite und hakte sich bei ihr unter. Dann führten der Friese und der Bayer Oma Else zum VW-Bus und halfen ihr hinein. Sie protestierte zwar, ließ es aber mit sich geschehen. Mit lautem Gehupe fuhren sie dann auf die Koogstraße, und schon ging's weiter zum Gut Hasselstein.

»Wie gehen wir denn nun vor?«, wollte Lisa von Hinercks wissen.

»Nun ja, also ich würde vorschlagen, ich schau mich mal am Deich um.«

»Dann übernehme ich den schwarz gelockten Fahrradfahrer. Der müsste doch zu finden sein. So einen Typen sieht man hier nicht alle Tage. Und du, Helge, du kommst mit mir.«

»Siehste, Hinercks, auf die Frauen is' eben Verlass.«

Das sind ja ganz neue Worte, dachte Hinercks. »Gut«, sagte er zu Lisa, »wir telefonieren dann, wenn es was Neues gibt.«

»Okidoki.« Lisa lächelte.

»Ist das auch wirklich in Ordnung für dich? Also ich mein, du bist grad angekommen, willst Hochzeit feiern und bist schon wieder auf Spurensuche, obwohl dich diese Gegend hier mit ihren Leichen ja eigentlich gar nichts angeht.«

»Ach weißt du, Hinercks, ich hab meine Arbeit wirklich gerne, und so ein bisschen Detektivarbeit macht Spaß. Wichtig ist für mich nur das Erfolgserlebnis. Also, den Fahrraddieb, den will ich schon kriegen.«

»Das ist echt nett von dir.« Helge lächelte Lisa an.

»Na dann ... auf, auf zum fröhlichen Jagen«, sagte Hinercks, pfiff sich eins und stieg in sein altes Auto ein. »Bis später, Lisa.«

Lisa Denkewitz und Helge stiegen in ihren kleinen Flitzer ein und fuhren zurück auf die Koogstraße. Sie lehnte sich in ihrem Sitz zurück und gab dann richtig Gas.

Bevor Hinercks den Motor anließ, dachte er noch einmal über die ganze Sache nach. Er konnte den Porsche nicht einfach da stehen lassen. Er stieg wieder aus und betrachtete das Auto von allen Seiten.

»Er hat rote Kennzeichen, also ist der Porsche noch nicht im Besitz von Bentrop, oder wer auch immer den Porsche gefahren hat. Er ist geliehen, aber von wem?« Hinercks sprach leise mit sich selbst.

»Im Handschuhfach liegt doch manchmal Prospektmaterial rum, vielleicht habe ich Glück und finde da was.« Vorsichtig stieg er in den Porsche und fiel mehr oder weniger in den Sitz hinein.

»Du meine Güte, wie tief ist das denn? Also, das wär nichts für mich. Da muss man ja echt fit sein, um da wieder rauszukommen.«

Hinercks öffnete das Fach mit spitzen Fingern. Bingo! Da lag tatsächlich ein Hochglanzprospekt. Den Porsche hatte der Fahrer anscheinend zum Probefahren in einem Autohaus in Hamburg geliehen. Hinercks zückte sein Handy aus der Jackentasche und wählte die kleingedruckte Nummer.

»Autohaus Störtebeker«, flötete eine erotische Frauenstimme.

Hinercks stellte sich als der Dorfpolizist aus Osterhever vor und erzählte der Dame, dass er gerade in einem Porsche aus ihrem Autohaus sitze. Sie schien etwas erstaunt, vielleicht, weil er ein Dorfpolizist war und kein Geschäftsmann, aber sie fragte nur freundlich, ob ihm der Wagen denn gefallen würde und ob er es bequem hätte.

»Also toll ist das Auto in jedem Fall, bequem nicht besonders. Allerdings liegt der Porsche seitlich im Graben, und es war wirklich nicht einfach, hineinzusteigen.«

Die Frau am anderen Ende schnaufte. »Im Graben? Hatten Sie etwa einen Unfall?« Die verführerische Stimme klang nun äußerst besorgt.

»Regen Sie sich nicht auf. Ich bin Polizist, ich werde gleich einen Abschleppwagen rufen.« Dann erzählte Hinercks ihr, was sich zugetragen hatte, und dass er auf der Suche nach dem Fahrer sei.

»Können Sie mir sagen, wer den Wagen bei Ihnen gemietet hat?«

Wieder schnaufte die Frau. »Ich darf über so etwas leider keine Auskünfte geben. Da bringen Sie mich echt in Nöte.«

»Wie war noch Ihr Name?«, säuselte Hinercks in sein Handy.

»Ackermann, Janine Ackermann.«

Oh, sie war genervt, Hinercks hatte feine Antennen dafür. Das kam durch seine Frauke, die hatte nämlich ab und an Gemütsschwankungen, und dann war er ganz vorsichtig mit ihr und überlegte sich jedes seiner Worte genau.

»Liebe … Frau … Ackermann«, Hinercks zog die Wörter etwas in die Länge. Während er sprach, überlegte er, wie er Informationen aus der Dame herauslocken konnte. »Das kann ich … voll und ganz verstehen und … das will ich natürlich auf keinen Fall. Passen Sie auf«, jetzt hatte er die richtige Eingebung, »ich habe eine Idee. Ich stelle Ihnen eine Frage, und Sie brauchen nur mit Ja oder Nein zu antworten. Was meinen Sie?«

»Na ja«, sagte sie zögernd, »… gut, dann schießen Sie mal los. Ich weiß aber noch nicht, ob ich antworten werde.«

»Handelt es sich bei der Person um einen gut gekleideten Herrn?«

»… ja.«

»Heißt er vielleicht Bentrop mit Nachnamen?«

»Nein«, kam nun die Antwort wie aus der Pistole geschossen.

»Nein?«

»Nein.«

Hinercks war irritiert. »Und da sind Sie sich ganz sicher?«

»Ja.«

Hinercks überlegte, »Hmm, ich nehme an, er hat Ihnen die Kopie seines Personalausweises dagelassen.«

Es kam keine Antwort.

»Stimmt das?«

»Ja.«

Mehr würde Hinercks nicht aus ihr herausbekommen, das spürte er. Aber er machte noch einen letzten Versuch.

»Würden Sie mir den Namen des Herrn nennen?« Er hielt den Atem an.

»Nein.«

»Gut …, also nein, nicht gut … ich werde dann mal jemanden bei Ihnen vorbeischicken, Frau Ackermann. Schönen Tag noch.«

»Ja.«

Dumme Schnepfe, dachte Hinercks, die hätte ja mal wenigstens auch mir einen schönen Tag wünschen können. Schitt, nun muss ich die Kollegen in Hamburg anrufen. Hinercks bekam leichtes Herzrasen, denn die hatte er noch nie um Hilfe gebeten. Zum Glück hatte er die Nummer vom Hamburger Revier gespeichert.

Die Kollegen dort waren sehr freundlich und hilfsbereit, als er ihnen die Sache erklärte. Es dauerte keine halbe Stunde, da bekam Hinercks einen Rückruf von Herrn Kruse. Der hatte derweil höchstpersönlich mit der Dame aus dem Autohaus gesprochen. Sie ließ herzliche Grüße an ihn ausrichten und bat um Verständnis, dass sie ihm am Telefon keine umfassende Auskunft gegeben hatte. Das war Hinercks nun egal, denn die nötigen Informationen bekam er ja von Kruse.

»Bei dem Herrn handelt es sich um Kalle König. So steht es in dem kopierten Ausweis, den ich hier vor mir liegen habe. Die Dame meinte, er wäre ein freundlicher Typ gewesen, ein gebildeter Hanseat, fein gewandet, und ein exzellentes Hochdeutsch habe der gesprochen.«

»Aha«, sagte Hinercks. Als fein gewandeter Hanseat kam für ihn nur der Bentrop infrage. Ob tatsächlich er es war, der den Wagen gefahren hatte? Aber warum hieß er laut Ausweis König?

»Wie lautet denn die Adresse von dem Herrn?«, fragte er seinen Kollegen.

»Weißdornweg … hier in Hamburg …«

»Seltsam, seltsam«, sagte Hinercks. In seinem Kopf ratterte es. Gut, sein Erstwohnsitz ist eben in Hamburg, aber warum hat er, wie ich vermute, einen falschen Namen angegeben? Das geht ja man gar nich'. Dann hätte der ja zwei Pässe. Und dann wäre er ein Kleinkrimineller. Davon hat Else wohl nichts gewusst, sonst hätte sie ihn bestimmt nicht eingeladen. Aber wo ist der hin? Und wo steckt seine Begleitung? Und wenn der Bentrop der Bentrop ist und doch nicht der König? Verflixt, jetzt könnte ich Lisa gebrauchen, vielleicht hätte die eine Eingebung.

Und dann fiel ihm plötzlich sein Kollege ein, der heute für die Geschwindigkeitsmessungen zuständig war. Klar doch, vielleicht hatte der den Fahrer des Porsches bei einer Geschwindigkeitsüberschreitung ertappt. Dann würde es jetzt gewiss ein gutes Foto geben. Hoffentlich ein Beweisfoto, auf dem Bentrop und seine Begleitung gut zu sehen waren. Ole hatte extra für heute seine Spiegelreflexkamera so anbringen wollen, dass es phänomenale Beweisfotos der Übeltäter geben würde.

Hinercks zog sein Handy aus der Jackentasche, um sogleich Rücksprache mit seinem Kollegen zu halten. Er hatte bereits den Zeigefinger ausgestreckt, um die Nummer auszuwählen, da kam ihm jemand zuvor. Hinercks schaute leicht irritiert auf sein Handy. War es Telepathie oder Zufall? Ein Blick auf das Display zeigte allerdings, dass es ein Anruf von Matz war.

»Moin«, sagte Hinercks trocken, »ich hoffe, du hast gute Nachrichten für mich.«

»Das kann man leider nicht behaupten«, sagte Matz ernst. »Wir haben hier vermutlich einen Toten. Er liegt verschüttet unter einem Dach, man kann nur seine Füße sehen. Ich habe die Spurensicherung bereits angefordert, die sind gleich da«, sagte er noch stolz, aber in seiner Stimme schwang auch etwas Unsicherheit mit. Er wusste, dass Hinercks gerne zuvor informiert werden wollte. Das hatte er schließlich vorhin noch einmal ausdrücklich gesagt.

»Das nächste Mal rufst du mich gefälligst an, bevor du eigenständig dergleichen in die Wege leitest«, sagte Hinercks etwas schroff. Doch eigentlich war er froh, dass Matz den Anruf für ihn erledigt hatte. Schließlich musste er den Kopf frei haben, um einen Plan zu entwickeln, wie er bei der Suche nach Bentrop und seiner Begleiterin vorgehen konnte.

»Okay, Hinercks, ich wollte nur …«, versuchte sich Matz zu rechtfertigen.

»Schon gut«, unterbrach ihn Hinercks, »halt mich auf dem Laufenden, und ruf mich wieder an, wenn die Spurensicherung den Tod des Mannes und seine Identität festgestellt hat.«

Hinercks beendete das Telefongespräch und versuchte, Ole Blumstock zu erreichen. Leider schaltete sich nur die blöde Mailbox ein. Zweimal versuchte es Hinercks noch, aber sein Kollege nahm nicht ab.

Was nun? Bevor er noch zwei völlig harmlose Personen verfolgen würde, musste Hinercks wissen, ob Ole ein gutes Foto oder vielleicht sogar mehrere Fotos von dem Porschefahrer gemacht hatte und ob darauf Bentrop zu erkennen war.

Hinercks stieg in sein Auto und fuhr zu der Stelle, an der sein Kollege mit dem Blitzgerät postiert war.

# KAPITEL 11

Oma Else und Albert waren zurück zur Hochzeitsgesellschaft gefahren. Als sie den Weg zum Gut entlanggingen, sahen sie sogleich den Leichenwagen des Bestatters Wüstop. Rieke stand mit ihrem Vater direkt am Auto, er hatte ihr Fahrrad daran angelehnt. Auch Hansi, Ernst, Matthis und Berti kamen nun den Kiesweg entlang und machten große Augen, als sie den Leichenwagen sahen. Oma Else ging direkt auf Wüstop zu. Albert hätte sie gerne davon abgehalten, das Auto war aber nicht zu übersehen, und eine kurze Information einzuholen, war ja auch in Ordnung. Aber dann wollte er doch gerne seine Hochzeit weiter feiern.

»Was ist denn hier passiert?«, fragte Else besorgt.

»Der Rudi ist vergiftet worden«, sprudelten die Worte aus Rieke heraus. Die Sache war einfach zu viel für ihre Nerven. In Zukunft würde sie beruflich etwas anderes machen. Das Geschäft mit dem Tod, das war nichts für sie. Sie würde umziehen, mit der ganzen Familie, das hatte sie im Stillen für sich beschlossen.

»Vergiftet?«, Else war entsetzt. »Noch ein Toter?«

»Ist das Fahrrad nicht ein wenig zu klein für Sie?«, sagte Albert zu Wüstop, um abzulenken. Er legte beruhigend seinen Arm um Elses Schultern.

Wüstop öffnete den Mund und wollte gerade antworten, doch Rieke kam ihm zuvor. »Der Papa hat gar kein Fahrrad. Das da ist meins, er müsste sich mal ein eigenes kaufen.«

»Ich wüsste auch schon, was für eins«, gab Wüstop prompt zurück. »Ich habe da nämlich vorhin ein super froschgrünes Bonanzafahrrad gesehen. Eigentlich dacht ich ja, das Fahrrad gehört dem Helge. Aber den Typen, der das gefahren hat, den kannte ich gar nicht. Der macht hier wohl Urlaub. Der hatte so 'ne schwarze Lockenfrisur und 'ne Sonnenbrille auf. Komischer Typ, aber irgendwie passte der zu dem Fahrrad.«

»Ein grünes Fahrrad?« Oma Else war nun ganz aus dem Häuschen. »Da war vorhin so ein Typ auf dem Deich, der passt genau zu Ihrer Beschreibung. Der kam plötzlich auf einem grünen Bonanzafahrrad den Deich heruntergerollt und bog dann wie ein Wilder auf die Landstraße ab. Mehr haben wir leider nicht gesehen, wir haben ihn nämlich aus den Augen verloren. Das ist schon ein seltsamer Zufall. Eigentlich dachte ich, der hätte sich das Fahrrad von Helge nur ausgeliehen.«

»Wir sollten jetzt los, mien Deern«, sagte Wüstop zu seiner Tochter. »Ich lass das Fahrrad da vorn bei der Scheune stehen. Das können wir später abholen. Jetzt müssen wir erst mal den Zinksarg mit dem Toten abliefern.«

»Es wartet wohl noch mehr Arbeit auf Sie«, rutschte es Albert über die Lippen, »in der Nähe vom Leuchtturm scheint noch ein Toter herumzuliegen.«

Wüstop schaute verwundert von Albert zu seiner Tochter. »Noch ein Toter? Wirklich? So viele haben wir hier doch sonst nie. Lassen Sie mich raten: Der ist auch keines natürlichen Todes gestorben.«

»Da haben Sie leider vollkommen recht. Der Ben…« Albert hielt seiner Else sanft die Hand vor den Mund. Er ärgerte sich über sich selbst, weil ihm zuvor diese Bemerkung herausgerutscht war.

»Du hast da einen Krümel am Mundwinkel«, sagte er laut und flüsterte ihr dann zu: »Du darfst doch keinen Namen nennen.«

Else nickte und fuhr etwas verunsichert fort: »Da war so ein Typ, also der, dessen Namen ich nicht sagen soll, und der hat dem Claasen einen so heftigen Schlag verpasst, dass er …«

»Elschen, nun lass man gut sein«, unterbrach sie Albert erneut, »so ganz genau haben wir das doch gar nich' gesehen, überlass das doch der Polizei. Hinercks kümmert sich um alles, der wird die Sache schon aufklären.«

»… und die Denkewitz«, fügte Else noch der Ordnung halber hinzu, »die wird ihm bestimmt dabei helfen.«

»Wollten Sie eben ›Bentrop‹ sagen?« Wüstop schaute Else fragend an, aber sie gab ihm keine Antwort und presste fest die Lippen aufeinander. Wüstop fand Elses Verhalten etwas merkwürdig, er stutzte. »Der Bentrop – also wenn der es ist, den Sie gemeint haben – soll einen Typen auf dem Gewissen haben? Der ist doch nur ein aufgetakelter Hamburger Schnösel und macht sich bestimmt nicht die Finger schmutzig«, gab er zu bedenken. »Gut, ich kenn den nicht näher, aber …«

»Doch, hat er …« Else hätte gerne noch mehr erzählt, aber Albert zog sie bereits mit sich in Richtung Tanzfläche.

»Komm, meine Liebe, lass uns nicht mehr über die schrecklichen Vorfälle sprechen. Lass uns tanzen, wir feiern heute schließlich unsere Hochzeit. Hansi, kommt ihr mit? Ich habe jetzt Lust auf richtig zünftige Musik.«

Gerne wollten die vier Bayern für Stimmung sorgen. Hansi blies auch sogleich eine Fanfare mit seiner Trompete. Die ›Gevatter Blechschuss‹ waren über die Todesfälle genauso bestürzt wie Else und Albert und all die anderen, aber sie wollten auch, dass das Hochzeitsfest von Else und Albert anständig seinen Lauf nahm. Herumstehen und Diskutieren machte die beiden Toten auch nicht wieder lebendig.

»Wir müssen jetzt auch los. Hoffentlich wird uns nicht noch eine Leiche serviert.« Wüstop klang reichlich sarkastisch. »Also drei an einem Tag hatte ich wirklich noch nie. Das wäre mal was Besonderes, ein Rekord sozusagen. *Leichenrekord*, klingt irgendwie gut.«

Das fand Else auch, sie lachte.

Wüstop nahm seiner Tochter die Schlüssel aus der Hand, öffnete die Fahrertür und schwang sich hinter das Lenkrad. Als er vorhin von seiner Frau die Nachricht erhalten hatte, dass Rudi tot sei, hatte er dies zunächst gar nicht begreifen können. Rudi war doch das blühende Leben gewesen. Freundlich, ausgeglichen, humorvoll und jung. Was konnte den denn nur umwerfen?

Als er dann hörte, dass Rudi womöglich vergiftet worden war, da verstand er gar nichts mehr. Den Rudi, der keiner Fliege etwas zuleide tun konnte, den hatte jemand umgebracht? Das passte ja nun gar nicht. Wüstop war sich sicher, dass die Vergiftung nicht Rudi gegolten hatte. Viel eher passte für ihn die Theorie, dass jemand Bentrop vergiften wollte. »Haben Sie vielleicht den Bentrop gesehen?«, rief Wüstop Else und Albert noch hinterher, die langsam davonschritten. Schließlich waren sie in der Luft gewesen und hatten so einiges von dort oben beobachten können. »Irgendwie ist das doch seltsam«, fuhr Wüstop fort. »Der Giftanschlag galt womöglich dem Bentrop, und ich vermute, dass er es war, den Sie beobachtet haben und dessen Namen Sie nicht preisgeben wollen. Er soll nun selbst ein Täter sein? Irgendwie klingt das absurd.«

Else blieb stehen und schaute Wüstop an. Sie widersprach ihm nicht, sondern sagte: »Das habe ich mich auch schon die ganze Zeit gefragt.«

Albert schnaufte und knuffte Else in die Seite. »Ist der denn nich' mehr hier?«, tat er unwissend.

»Nö, näch, der ist mit seinem Porsche und seiner schicken Begleiterin davongefahren«, mischte sich Ruth Sandvoss ein. Sie war eine Konzertbesucherin und weitläufige Bekannte von Else. Sie hatte sich neugierig an den Leichenwagen herangeschlichen und das Gespräch mitbekommen, genauer gesagt, hatte sie frech gelauscht.

»Wie bitte?«, entfuhr es Else. »Der hat einen Porsche gefahren und war in Begleitung?«

Ruth Sandvoss nickte. Sie war Mitglied einer Landfrauengruppe, die sich einmal im Monat traf und die Organisation des Marktfestes innehatte. Sie kochten und backten, bastelten und häkelten, taten allerlei Gutes und Überflüssiges, aber hier war heute endlich mal was los. Hier brodelte das echte Leben, wenn man davon absah, dass zwei Lebende nun nicht mehr unter ihnen waren. Ruth Sandvoss fand das richtig spannend, und sie würde Augen und Ohren offen halten. Noch besser, sie würde die Landfrauen mobilisieren, um sich in der Nähe des Leuchtturms umzusehen. Da hatte man den Toten gefunden, das hatte Albert doch erzählt?

Albert schaute die Sandvoss erstaunt an. »Ach, der ist schon nach Hause gefahren? Wie schade.« Er war reichlich genervt, denn er konnte die neugierigen Landweiber nicht ausstehen.

Die Sandvoss machte keinerlei Anstalten, diskret zur Seite zu gehen.

»Jetzt konnten wir uns gar nicht von ihm und seiner Begleitung verabschieden.« Albert wollte ablenken und tat enttäuscht.

Else gab ihm einen heftigen Ellbogenstoß in die Seite.

»Is' was?«, fragte er überrascht und schaute sie fragend an.

»Das Auto im Graben, Albert! Versteh doch, das war ein Porsche, und bestimmt gehört er dem Bentrop.«

»Also gehören wird ihm das Auto nicht«, mischte sich nun Hansi ein. »Es hatte rote Kennzeichen.«

»Ach«, sagte Else nur. Sie hatte keine Ahnung, was diese Aussage bedeuten sollte, für sie waren alle Kennzeichen gleich.

»Aber du hast recht«, meldete sich nun Albert wieder zu Wort, »das war ein Porsche. Meines Erachtens war der nigelnagelneu. Aber da saß keiner drin.«

»Genau«, sagte Else, »der Bentrop saß nicht drinnen und seine Begleitung auch nicht. Vielleicht sind sie beide auf der Flu…?«

»Hat denn die Dame auch was Schlimmes getan? Hat sie dem Bentrop geholfen?«, fragte Wüstop. Er klang ganz aufgeregt.

Frau Sandvoss rieb sich die Hände. Das war ja wie im Fernsehen, nein, noch viel besser, sie war mittendrin im Krimi. Klasse war das! »Wo könnten die denn hin sein?«, fragte sie mal ganz harmlos.

»Das weiß der Hinercks noch nicht, aber der wird das bestimmt herausbekommen.« Auch Elses Krimitrieb war geweckt. Jeden Sonntag schaute sie sich den ›Tatort‹ im Fernsehen an. Ihre Lieblingskommissarin war die Furtwängler. Eine toughe Frau war das, und gut sah sie auch aus.

»Wo fangen wir an?«, fragte Ruth Sandvoss voller Tatendrang.

»Mit was?«, fragte Albert verwundert.

»Na, mit der Suche nach den beiden.«

»Ach so, nee, da haben wir man nichts mit zu tun. Das überlassen wir dem Hinercks.« Albert verdrehte die Augen.

»Also ich würd ja schon suchen«, meldete sich Else leise zu Wort.

»Jetzt ist's gut. Nun komm, wir wollen tanzen.« Albert war kurz davor, die Geduld zu verlieren. Er nahm Else bei der Hand und führte sie weiter zur Tanzfläche.

»Wir kümmern uns drum!«, rief die Sandvoss Else noch hinterher. Sie hatte einen Plan im Kopf, von dem die übrigen Landfrauen sicher begeistert sein würden.

# KAPITEL 12

Lisa Denkewitz war mit Helge auf dem Weg nach Husum, irgendwo würden sie bestimmt den Fahrer auf dem froschgrünen Fahrrad entdecken, da war sie sich ganz sicher. Eigentlich war ihr nicht richtig nach Arbeiten zumute. Lust verspürte sie nicht, auch wenn sie das zu Hinercks gesagt hatte. Aber ihr war nach Autofahren und einer Verfolgungsjagd mit ihrem neuen grauen Mini, das war bei dem schönen Wetter doch genau das Richtige. Das Auto besaß Lisa erst seit einer Woche. Sie hatte sich vom ersten Moment an, als sie es im Autohaus in Hamburg gesehen hatte, darin verliebt. Sie fand es genial, dass sich das rote Dach zurückklappen ließ. Lisa war happy!

»Du schaust nach rechts, Helge«, gab Lisa ihm die strenge Anweisung, denn er hatte dummerweise nur Augen für sie. Sie spürte seine Blicke von der Seite.

»Also, das ist so nett von dir …«

»Schon gut, Helge, das mach ich gern.«

Aufmerksam ließ Lisa ihre Adleraugen kreisen. Manchmal hatte sie das Gefühl, dass sie besser zu sehen vermochte als andere Menschen. Kleinste

Bewegungen konnte sie in der Entfernung und aus dem Augenwinkel erkennen. Sie brauste die Koogstraße entlang bis ans Ende und bog dann zum kleinen Hafen in Richtung Husum ab. Sie fuhr eine Weile geradeaus, dann kam sie an einer Bushaltestelle vorbei und sah gerade noch im letzten Moment, dass dort an einer kleinen Bank ein froschgrünes Bonanzafahrrad lehnte. Ohne Fahrer allerdings, aber immerhin.

»Halt an«, schrie nun auch Helge, »da ist es.«

Lisa stieg in die Eisen, und das Auto begann zu schlingern, aber da sie vor Kurzem erst ein Fahrsicherheitstraining absolviert hatte und genau wusste, wie ihr Lenkrad einzusetzen war, brachte sie das Auto nach wenigen Metern ohne Probleme zum Stehen. Ein Blick in den Rückspiegel verriet ihr, dass sie im Rückwärtsgang bis zur Bushaltestelle zurückfahren konnte. Außer ihr war auf der lang gezogenen Strecke keiner unterwegs. Erstaunt über ihre Fahrkünste und ihren Mut und erleichtert, dass sie das Fahrrad gefunden hatten, stiegen sie aus.

Helge schaute sich sein Bonanzafahrrad genau an. »Es scheint alles in Ordnung zu sein, ich sehe keine Gebrauchsspuren.«

»Cooles Teil. Macht bestimmt irre Spaß, damit rumzuradeln.«

»Wenn du willst, nehme ich dich mal mit«, sagte Helge.

»Du meinst, wir zusammen auf dem langen Sitz da?«

»Na ja … ich dacht ja nur …«

»Schon gut, Helge. Ich bin froh, dass dein Fahrrad wieder da ist.«

Jetzt bemerkte Lisa den Zettel, den Bentrop auf dem Gepäckträger befestigt hatte, und las, was er dorthin gekritzelt hatte. »Fass den Zettel nicht an, Helge, Momentchen.« Sie wühlte in ihrer Jacke herum, um zu schauen, ob sie ein Behältnis dabeihatte, in das sie den Zettel stecken konnte. Bestimmt waren da jede Menge Fingerabdrücke vom Fahrraddieb drauf. Auch wenn er geschrieben hatte, dass er sich das Fahrrad nur ausgeliehen hatte, so hatte er dies ja unbefugt getan. Und im Nachhinein wäre der Tatbestand trotzdem Diebstahl. Auch wenn sich die Sache als dummer Streich herausstellen würde, so konnte man ja nicht wissen, ob derjenige nicht noch weitere Straftaten begehen würde oder bereits begangen hatte.

Lisa zog aus ihrer Jackentasche die Verpackung von ihren Papiertaschentüchern hervor. »Ha, genau das, was ich suche«, sagte sie erfreut. Vorsichtig schnappte sie sich damit den Zettel und zog dann die kleine Tüte zur Gänze darüber. Sie war sehr zufrieden mit ihrem Werk.

Helge nickte anerkennend und nahm bereits auf seinem Bonanzafahrrad Platz.

Lisa wählte Hinercks' Nummer. Da nur seine Mailbox ansprang, sprach sie ihm darauf, dass sie Helges Fahrrad gefunden hätten und der glückliche Besitzer jetzt damit zurückfahren würde.

»Wir sehen uns später, Helge«, sagte sie zu ihm, »ich fahr dann mal weiter und schau, ob ich den Typen irgendwo sehe.«

»Also, wenn ich was Dummes angestellt hätte, dann würde ich in Husum unterschlüpfen«, sagte Helge. »Das Städtchen ist groß genug, um nicht gleich aufzufallen. Da kann man sich schon mal längere Zeit unerkannt aufhalten. Außerdem ist man relativ schnell dort.«

»Gute Idee, das werde ich machen.« Lisa stieg wieder in ihren Mini, ließ den Motor aufheulen und fuhr in Richtung Husum davon. Sie schaute sich zwar nach allen Seiten um, aber auch sie hatte die Vermutung, dass der gelockte Typ einen Bus nach Husum genommen hatte.

Es dauerte ungefähr 20 Minuten, bis sie bereits den Hafen von Husum sehen konnte. Sie stellte ihr Auto im Parkhaus ab und ging dann direkt zum Polizeirevier. Sie wollte dort mal rumhorchen, ob den Kollegen vielleicht irgendeine Person seltsam vorgekommen sei und ob sie eventuell sogar einen Typen mit schwarzen Locken im Visier hätten.

Da sie nicht gestört werden wollte, stellte sie ihr Handy auf lautlos. Wenn Hinercks versuchen würde, sie zu erreichen, dann musste er eben auf ihre Mailbox sprechen. Sie würde ihn dann so schnell wie möglich zurückrufen.

Als Lisa das Revier betrat, klingelte tatsächlich ihr Handy, genauer gesagt, vibrierte es in ihrer Gesäßtasche. Ein Blick auf das Display verriet ihr, dass es Hinercks war.

Hinercks war zu Ole gefahren, um in Erfahrung zu bringen, ob tatsächlich ein Porschefahrer die Geschwindigkeit überschritten hatte, und ob Ole ein gutes Beweisfoto von ihm geschossen hatte. Als er an der Blitzstelle ankam, wunderte er sich, dass sein Kollege aussah, als hätte er mit einer Hecke gekuschelt. Der war nämlich völlig zerzaust, hatte Kratzer im Gesicht und an den Händen, und in seinem Haar steckten Beeren und weiße Blüten. Als Hinercks hörte, was sich zugetragen hatte, wurde ihm so einiges klar.

»Aber wer dich in die Hecke befördert hat, das weißt du nicht?«

»Nö.«

»Du hast niemanden gesehen?«

»Nö, ich stand da und wollte gerade …«

»Jaja, das hab ich verstanden, aber jetzt erzähl noch mal. Bist du dir sicher, dass du dreimal das gleiche Auto geblitzt hast?«

»Jo.«

»Und das war ein Porsche?«

»Jo, so ein richtig schickes Protzauto …«

»Schon klar, Ole, ein Porsche würde dir sicher auch gefallen …«

»Jo, und weißt du, so was Irres kriegste hier bei uns ja nicht so häufig zu sehen. Der ist bestimmt nur wegen dem Festival da auf dem Gut.«

»Stimmt, da ist der Porschefahrer sicherlich gewesen. Und was ist mit den Fotos?«

»Die kann ich dir erst zeigen, wenn ich in meinem Büro am PC bin.«

»Gut, dann kürzen wir die Sache hier ab, und du fährst gleich zurück. Deine Blitzabsitzezeit hier ist eh fast vorbei.«

»Hinercks, danke, du bist mein Retter.« Ole lachte erleichtert.

»Schon gut, schon gut, ich ruf dich nachher an. Ich muss wissen, wer auf dem Foto zu sehen ist.«

»Geht klar.«

»Na, dann mach's man gut.«

»Jo.«

Hinercks stieg wieder in sein Auto und fuhr zum Seedeich zurück. Dort sah alles ganz normal aus, also unverändert. Der Porsche lag im Graben, und weit und breit war keiner zu sehen. Bevor sich Hinercks auf die Suche nach dem Porschefahrer und seiner Begleitung machen wollte, rief er Matz an. Er musste wissen, ob der Typ, den er gefunden hatte, tot war.

Matz ging gleich an sein Handy. »Moin, Hinercks.«

»Moin, gibt's was Neues bei dir?«

»Wir haben hier tatsächlich 'nen Toten, es scheint der Claasen zu sein. Wir haben ihn aus dem Schutt gezogen. Sieht lecker aus. Nein … also ehrlich … ist kein schöner Anblick. Fremdeinwirkung können wir natürlich nicht feststellen, also da brauchen wir noch einmal eine gute Zeugenaussage. Der Albert, der hat doch bestimmt Genaueres erzählt.«

»Hmm«, Hinercks grübelte, klar hatte der was erzählt. Else und Albert hatten jede Menge berichtet, aber dummerweise hatte er sich keine Einzelheiten gemerkt. Er hatte nur das Wort »Leiche« mitbekommen, und natürlich hatte er zunächst einmal wissen wollen, ob es tatsächlich einen Leichenfund gab. Über den genauen Tathergang würde er noch einmal mit Albert sprechen müssen.

Es ist schon seltsam, dass der alles aus der Luft beobachtet hat, ging es Hinercks durch den Kopf. Das war eine ganz schön große Entfernung. Auch wenn der alles durch sein Fernglas beobachtet hatte, so war der Täter doch winzig klein gewesen. Blöde Sache ⍰ ob man Albert als Zeugen überhaupt ernst nehmen kann? Er muss mir noch einmal erklären, wie sich das Ganze aus seiner Sicht nun wirklich zugetragen hat.

Hinercks griff zum Handy, zunächst einmal musste er mit Lisa sprechen. Er wollte wissen, ob sie etwas herausgefunden hatte, wegen dem Fahrraddieb und so. Anschließend würde er Ole Blumstock anrufen, wegen der Fotos. Es machte für ihn keinen Sinn, nach zwei Phantomen zu suchen. Vielleicht musste er ja ganz anders vorgehen.

Lisa ging entspannt und freundlich ans Handy und schien die Ruhe weg zu haben. Auf die Frage, ob es was Neues gäbe, nuschelte sie etwas Unverständliches und ließ sich dann mit ihrer Antwort reichlich Zeit. Sie schien auf etwas herumzukauen.

Hinercks wartete, aber ihm fehlte die Geduld. »Nun mach doch mal hin, ich hoffe, es schmeckt.«

»Ja, schmeckt pfundig.«

Hinercks war ganz neidisch, denn er hatte auch Hunger. Während er auf ihre Antwort wartete, nahm er sich ein Fläschchen Korn aus der Jackentasche. Es war sein Notfallfläschchen, eigentlich knurrte sein Bauch, nein, er bebte richtig, aber er hatte absolut nichts Essbares dabei, was er hätte verputzen können. Sein Blutzuckerspiegel war bestimmt im Keller, tiefer noch – im Abgrund. Aber der Korn, der würde ihn sicherlich wieder beleben, das hatte der schon ein paar Mal geschafft. Genüsslich setzte er das Fläschchen an … hmm, das tat gut … »Lisa, bist du noch da?«

»Na klar … bin jetzt so weit. Aber schließlich bin ich ja auch nicht auf der Flucht. Man hat mir gerade herrlichen Butterkuchen angeboten«, schwärmte sie.

Lisa scheint im Urlaubsmodus zu sein, dachte Hinercks leicht überrascht. Aber das war auch gut so, schließlich hatte sie schon länger keinen Urlaub mehr gemacht. Die Hochzeitsfeier von Else und Albert sollte der Beginn erholsamer Ferien an der Nordsee werden. Es tat ihm leid, aber er musste sie weiter wegen des Fahrrads befragen.

»Lisa, hast du irgendetwas herausgefunden?«, fragte er so entspannt wie möglich.

»Aber klar doch«, sagte sie sofort. »Das habe ich dir auch auf die Mailbox gesprochen. Ich hab das Fahrrad gefunden. Jemand hat es an der Bushaltestelle stehen lassen und sich mit einem Zettelchen entschuldigt, er habe es nur ausgeliehen. Wer derjenige ist, weiß ich noch nicht. Die Kollegen sind genau in dem Moment ausgerückt, als ich mich mit denen darüber unterhalten wollte. Während die unterwegs sind, habe ich hier den Bürodienst übernommen. Die Sekretärin musste nämlich kurzfristig weg, weil ihrem Sohn im Sportunterricht eine Tischtennisplatte auf den Fuß gefallen ist. Die ist nun mit ihm beim Unfallarzt zum Röntgen, das kann also länger dauern. Und bei den Kollegen auch, die mussten nämlich zu einem Unfall. Da hat es irgendeinen blöden Beziehungsstreit gegeben, und der Mann hat sich wohl übel am Kopf verletzt. Der Typ hat übrigens einen total dämlichen Namen. Weißt du, wie der heißt? Kalle König.«

Lisa lachte, und Hinercks verschluckte sich ganz furchtbar, denn er hatte, während sie erzählte, den letzten Schluck aus seinem Kornfläschchen genommen. Er hob sich immer einen kleinen Rest auf. Das herrliche Gesöff war zu schade, um es auf einen Satz zu trinken. Er hustete wild und rang nach Luft, dann versuchte er, seine Gedanken zu ordnen. »Kalle … König«, brachte er krächzend hervor. »Hast du gerade ›Kalle König‹ gesagt?«

»Ja, das habe ich. Der Name ist echt lustig, gell?«

»Was heißt lustig? Der Porschefahrer hat genau diesen Namen, das hat das Hamburger Autohaus mitgeteilt.«

»Ach.«

»Ja! Und so viele Kalle Königs wird's ja wohl nicht geben.«

»Das glaube ich auch. Was soll ich denn jetzt machen? Eigentlich kann ich hier nicht weg. Ich habe keinen Schlüssel und nix.«

»Aber du hast 'ne Handynummer von den Kollegen, oder?«

»Mann, Hinercks, du bist heute ja richtig fit drauf.«

Meinte sie das wirklich? Hinercks wollte sich nicht verunsichern lassen. Er fuhr fort: »Also, du rufst die Kollegen an und erklärst denen, was Sache ist, und ich kümmere mich hier um alles Weitere. Hast du da einen PC, den du benutzen darfst?«

»Hab ich.«

»Dann machen wir das jetzt so. Du schickst mir eine E-Mail aufs Revier, hast mir ja schon häufiger gemailt, und wir mailen dir dann das Foto von dem geblitzten Porschefahrer. Dann kannst du schauen, ob es sich um die gleiche Person handelt. Ich komme später zu dir.«

»Das machst du gut, Hinercks.« Sie lachte.

Das fand er auch, er lächelte in sich hinein. »Dann bis später.«

»Jo, bis dann.«

# KAPITEL 13

Bentrop hatte kein gutes Gefühl, als Erika die Tür hinter ihm schloss.

»Komm doch mit«, sagte sie und führte ihn ins Wohnzimmer.

Bentrop schaute sich um. Es sah irgendwie leer in der Wohnung aus. Er hatte den Flur und das Wohnzimmer ganz anders in Erinnerung.

»Hing hier nicht eine Delfter Uhr?«, fragte er sie, als er einen Blick auf die Anrichte warf. »Und stand dort nicht eine Lampe? Magst du die Sachen nicht mehr?«

Erika schaute ihn ernst an, antwortete aber nicht.

»Also ich fand die Sachen klasse.« Er blickte sich im Wohnzimmer um. »Ach, den Flügel hast du auch verkauft. Aber wieso denn? Du spielst doch so schön Klavier!«

Bentrop schaute nun erstaunt zu dem großen leeren Fleck an der Wand. Dort hatte eigentlich ein Bild gehangen, aber es war nur ein unschöner Schmutzrand zurückgeblieben.

»Der Picasso ist weg …«

Und nun fiel es ihm wie Schuppen von den Augen. »Du meine Güte, Erika. Man hat dich ausgeraubt, all die kostbaren … Wer …«

Aber er konnte nicht weitersprechen, denn Erika hatte einen Golfschläger in die Hand genommen und schwang ihn in der Luft, als wollte sie ihm damit gleich eins überbraten und ihn ins Jenseits befördern.

Verunsichert und entsetzt zugleich ging er einige Schritte zurück.

»Erika, ich bitte dich …«

»Du hast das getan, du Mistkerl! Ein Scheißbetrüger bist du! Du hast so getan, als ob du mich liebst, und hast dich mit meinem Geld aus dem Staub gemacht. Nicht nur, dass du mir das Herz gebrochen hast, ich musste all die schönen Sachen verkaufen, um meine Schulden zu bezahlen. Mir ist nichts geblieben außer diesem dämlichen Schläger, auch mein Haus werde ich verlieren …«

Während sie sprach – besser gesagt, mittlerweile schrie sie sich die Wut aus dem Leib –, hatte sie Bentrop vor sich hergetrieben. Nun holte sie zu einem Schlag aus.

»Erika, bitte, lass dir alles erklären«, flehte Bentrop. Doch bevor er weitersprechen konnte, stolperte er rückwärts die Treppenstufe hinunter, die zum Wintergarten führte. Er geriet ins Stolpern, wankte, ruderte mit den Armen, aber es gelang ihm nicht, sich abzufangen. Erst die Ecke des Glastisches bremste seinen Sturz.

Bentrop riss im Fallen die Augen auf, starrte Erika an und fiel krachend zu Boden. Sie stand zitternd, mit erhobenen Armen auf der Treppenstufe und schaute auf die Blutlache, die sich langsam um seinen Kopf bildete.

»Lass ab«, flüsterte ihr eine Männerstimme leise zu.

Ein Mann stand neben Erika und hielt sie fest umschlungen. Hätte er das nicht getan, wäre sie wohl zur Mörderin geworden. Doch so hatte sie kein Unrecht begangen.

»Das ist das Schwein.« Ihre Stimme bebte.

»Der sieht nicht gut aus.«

»Du findest ihn hässlich?«

»Ich meine das Blut …«

»Ach so …« Eine kleine Pause entstand, in der beide die sich ausbreitende Blutlache beobachteten.

»Ob er das überlebt?«

»Wir sollten die Polizei rufen«, sagte der Mann.

»Ich habe nichts …«

»Ich weiß … gib mir den Schläger … zum Glück bin ich rechtzeitig gekommen …« Peter Sündquist schnaufte. Er war der Käufer des Flügels und hatte sich kurz nach dem Kauf, eigentlich schon währenddessen, in Erika verliebt. Und auch sie hatte sich vom ersten Moment an, als er den Flügel ausprobierte, in ihn verknallt. Sie hatte es nicht gleich wahrhaben wollen, weil er ihr schließlich den Flügel wegnahm, auch wenn er gut dafür bezahlte. Aber sein Spiel fand sie sensationell, es bewegte ihr Herz, und es dauerte nicht lange, da verabredeten sie sich in seiner Wohnung und spielten zusammen vierhändig Klavier. Und dabei blieb es nicht, sie wurden noch bei der ersten Verabredung ein Liebespaar.

Heute wollten sie gemeinsam ein Konzert besuchen, und deshalb war er gekommen, um sie abzuholen. Erika hatte vergessen, den Türschnapper wieder hochzumachen, nachdem sie den Müll nach draußen gebracht hatte. Den vergaß sie manchmal, und so hatte Sündquist ohne zu klingeln hereinkommen können. Das war ihr Glück gewesen und seines auch, denn sonst hätte er sie wohl im Gefängnis besuchen müssen. So war es doch entspannter und schöner.

Sündquist gewann als Erster die Fassung zurück. »Wir müssen die Polizei anrufen«, sagte er noch einmal.

»... und den Krankenwagen«, fügte sie trocken hinzu.

Die Polizei und die Spurensicherung nahmen alles zu Protokoll. Natürlich wollte Bremer genau wissen, wie sich alles zugetragen hatte, und Sündquist schilderte bis ins Detail, was geschehen war, und war erleichtert, dass er Erika, ohne zu schummeln, ein Alibi geben konnte.

Als Bremer merkte, dass sich die ganze Sache etwas hinziehen würde, rief er Lisa Denkewitz an.

»Lebt er?«, fragte Lisa, als er ihr von dem Verletzten erzählte.

»Noch«, sagte der nur knapp, »er ist auf dem Weg ins Krankenhaus. Seltsam finde ich, dass der Typ eine Perücke trug. Schwarze Locken, der sah damit ziemlich blöde aus. Ohne Perücke passen die Klamotten gar nicht zu dem Typen. Er soll ein Heiratsschwindler sein, sagt eine Zeugin. Aber das, was heute mit ihm geschehen ist, scheint ein dummer Unfall gewesen zu sein.«

Lisa hörte sich Bremers Bericht genau an und steckte sich derweil noch ein weiteres Stück Kuchen in den Mund.

Dann berichtete sie ihm, dass sie vor sich auf dem PC ein Topfoto von einem Mann namens Klaus Bentrop habe. Den würden sie suchen, das habe sie ihm vorhin eigentlich erzählen wollen, bevor er davongebraust war.

»Ich muss es unbedingt mit dem Halbtoten abgleichen. Ich muss wissen, ob es sich um dieselbe Person handelt.«

»Frau Denkewitz, also …«

»Wieso? Ich muss die Sache klären.«

»Ich komme gleich ins Büro«, sagte Bremer. »Aber vielleicht sollten Sie mit dem Foto direkt ins Krankenhaus fahren, da hat man den Verletzten hingebracht. Das wäre doch wohl zeiteffizienter.«

Lisa wunderte sich sehr über diese Ausdrucksweise. So ein Wort kennen die hier? Eigentlich dachte ich, auf dem Land bleiben die Uhren irgendwie stehen, und man hat für alles mehr Zeit. So kann man sich irren. »Ich nehme an, der ist im Husumer Krankenhaus«, sagte sie.

»So is' das, Frau Kollegin Denkewitz.«

»Dann gebe ich Ihnen Bescheid, wenn ich den Herrn gesehen habe.«

»Jo, so machen Sie das man.«

Es dauerte eine halbe Stunde, bis Lisa wusste, dass es sich bei dem Verletzten tatsächlich um Bentrop handelte. Die Sache stellte sich allerdings als reichlich seltsam heraus, denn sie konnte ihn nicht in aller Ruhe betrachten. Nein, sie musste von ihm auf die Schnelle ein Foto machen.

Als sie im Krankenhaus ankam, war er nämlich auf der Fahrt in den OP. Sie wollten ihn gerade auf dem Krankenbett durch eine großmächtige weiße Tür schieben. Natürlich durfte Lisa nicht mit dorthin, auch nicht, als sie dem Arzt ihren Ausweis zeigte und ihm erklärte, warum es dringend notwendig sei.

Der Arzt machte ihr den etwas seltsamen Vorschlag, mit ihrem Handy ein Foto von dem Verletzten zu machen. »Ich drehe mich kurz zur Seite und weiß von nichts«, sagte er freundlich grinsend.

Gesagt, getan. Lisa fotografierte den Verletzten schnell. Bentrops Gesicht sah grauenhaft aus, aber er war es. Das bewies der Abgleich mit dem Computerausdruck. Jupp! Es hatte tatsächlich ihn so jämmerlich erwischt.

Lisa konnte über diesen seltsamen Zufall nur den

Kopf schütteln. Sie telefonierte kurz mit Hinercks und berichtete, dass sie ihm etwas sehr Interessantes zu zeigen habe.

»Ist es Bentrop?«, fragte er gleich neugierig.

»So ist es«, sagte sie triumphierend.

»Dann habe ich dir auch noch so einiges zu erzählen. Das mach ich, wenn du wieder da bist.«

Lisa war sehr gespannt, welche Informationen da auf sie warteten. Gut gelaunt fuhr sie mit ihrem Mini-Flitzer zurück nach Osterhever.

Im Koog war derweil alles voll in Aktion. Die Gäste vom Festival waren zum Teil vernommen worden, und der Doktor hatte fein säuberlich ihre Personalien aufgenommen.

Zunächst hatten nur Oma Else und Albert getanzt, aber nach und nach hatten sich auch die anderen Hochzeitsgäste dazugesellt und schwangen zur Blasmusik der ›Gevatter Blechschuss‹ ausgelassen das Tanzbein. Irgendwann redete man nicht mehr über den armen vergifteten Rudi und die Mutmaßungen, die damit zu tun hatten. Alle wollten nur feiern und ihren Spaß haben.

Auch Hinercks gesellte sich mit Lisa Denkewitz noch dazu. Sie hatten sich auf dem Parkplatz von Gut Hasselstein verabredet. Als er das Foto auf ihrem Handy betrachtete, erkannte er Bentrop sofort, auch wenn dieser schrecklich entstellt war.

»Der war vorhin auf der Hochzeit«, bestätigte er ihr, »das ist der Typ, das ist Bentrop. Na, im Krankenhaus liegt der ja erst mal gut, um den werden wir uns morgen kümmern.«

Wilhelmine hatte ihr Unglück mit reichlich Alkohol hinuntergespült und ließ sich von Bertholdt, dem Caterer, über das Parkett schieben. Er hatte schon seit Längerem ein Auge auf sie geworfen, aber sie hatte sein Werben nie richtig ernst genommen. Eigentlich passte er viel besser zu ihr als Rudi, denn er war fast derselbe Jahrgang wie sie.

Sie hoffte, mit ihm vielleicht noch einen kuscheligen Abend verbringen zu können. Sie würde zu gerne mit ihm die Flasche Sekt öffnen, die sie eigentlich für sich und Rudi vorgesehen hatte. Ein bisschen kaltherzig fand sie sich schon, aber sollte sie etwa in ihrem Bettchen frieren? Der Rudi war doch ohnehin tot und würde nichts davon mitbekommen.

Am späten Nachmittag brachte Matz in Erfahrung, was die Obduktion von Claasen ergeben hatte. Man hatte festgestellt, dass er an der Verletzung durch die Mistgabel, in die er rücklings gefallen war, gestorben war. Sie hatte seine Lunge durchbohrt.

Hinercks fragte Albert bei einer kleinen Tanzpause noch einmal nach den Einzelheiten, den Sturz betreffend.

Dieser hatte den Vorfall zwar beobachtet, aber warum der Claasen gestürzt war, konnte er dann doch nicht schlüssig erklären. »Es ist alles so schnell gegangen, und Else wollte immerzu das Fernglas haben und hat an meiner Jacke herumgezupft …«, sagte er entschuldigend.

Else war etwas beleidigt darüber, dass Albert das einfach so ausplauderte. Das war ihr extrem unangenehm.

Hinercks spürte ihren Ärger. »Beruhige dich, Else«, sagte er freundlich, »is' ja nur wegen dem Zeugenprotokoll. Da muss man schon Details reinschreiben, und alles muss ganz genau sein. Nimm's dem Albert nicht übel. Ich weiß jetzt zumindest so ungefähr, wie es sich aus eurer Sicht von da ganz oben zugetragen hat. Was is' eigentlich mit dem Ballonfahrer? Hat der was geblickt? Den müsste ich auch mal sprechen.«

Albert zuckte die Schultern. »Ich glaube, der hat gar nichts mitbekommen. Die ganze Zeit über hatte der Ohrstöpsel drin und zeigte für seine Umgebung überhaupt kein Interesse. Er hat nur kurz erzählt, dass er in einem Chor in Tönning singt. Die geben wohl bald ein Konzert, und da hat er sich das Stück und seine Baritonstimme angehört. Das hat er zumindest gesagt, denn wir haben uns auch gewundert, dass er so gar kein Interesse an der Landschaft unter uns hatte. Also die war wirklich sensationell, Hinercks. Das musst du auch mal machen …« Alberts Redefluss wurde nun unterbrochen, denn Hinercks' Handy klingelte.

Es war eine Frau Gleissner, sie behauptete, sie sei eine Zeugin im Fall Claasen, der doch verschüttet worden sei. Sie hätte die ganze Sache beobachtet …

Hinercks deutete Albert an, er müsse ein wichtiges Telefonat führen, und entfernte sich ein Stück. Er wollte ungestört erfahren, was die Frau zu sagen hatte. Manchmal meldeten sich auch Wichtigtuer bei der Polizei, so war das zumindest im Fernsehen. Also bei Hinercks nicht, er hatte ja nie so richtige Kriminalfälle zu lösen. Meist waren es nur unbedeutende Delikte, bis auf die Todesfälle im letzten Sommer. Das war eine krass gute Zeit gewesen, in der er mal so richtig gefordert gewesen war.

Aber er wollte Frau Gleissner nun genau zuhören, und dann würde er ja erfahren, was sie glaubte, gesehen zu haben. Zeuge zu sein, war gar nicht so einfach. Es sei denn, man hatte wirklich was gesehen.

Frau Gleissner erzählte, dass sie in einem der Nachbarhöfe von Claasen wohne. Da sie nicht mehr so gut laufen könne, viel in ihrem Sessel sitze und keine große Lust auf Handarbeiten habe, würde sie jeden Tag mit ihrem Fernglas aus dem Küchenfenster schauen und die Leute beobachten, die ab und an zu Fuß vorbeikämen oder auf ihren Fahrrädern vorbeibrausten. Sie wisse, dass sich das nicht so richtig gehörte, aber ansonsten würde sie sich furchtbar langweilen, und das wollte sie unter gar keinen Umständen. Sie wisse, wie sich das anfühlte, das wäre gar nicht schön.

Die meiste Zeit über würde sie aber die Stuten und ihre Fohlen betrachten, die übermütig miteinander über die Wiese springen würden. Auch die Bullen brächten ihr Abwechslung, wenn sie sich lautstark über Spaziergänger aufregten, die an ihren Gattern stehen blieben und sie anschrien, als wären sie selbst eine Kuh.

Frau Gleissners Tochter Tine bewirtschaftete den Hof ihrer Eltern gemeinsam mit ihrem Mann, noch war er nicht auf ihren Namen überschrieben worden. Sie schimpfte häufig über die Fernglasaktionen ihrer Mutter, da sie aber nicht viel Zeit hatte, sich um sie zu kümmern, hatte sie es nicht übers Herz gebracht, ihr das Fernglas wegzunehmen.

Tine fühlte sich von ihrer Mutter unter Beobachtung, ihrem Mann ging es genauso. Häufig stritten sie darüber. Allerdings schimpfte auch Frau Gleissner über Tines Mann. Sie mochte ihn nicht, denn er trieb die Schafe mit dem Geländewagen zusammen, wenn er sie auf eine andere Wiese bringen wollte.

»Das ist keine feine Art«, schimpfte Frau Gleissner häufig. Aber das war ihrem Schwiegersohn egal, mit lautem Gehupe raste er weiterhin herum und verschreckte die Schafe.

Als Frau Gleissner den Porsche mit Bentrop hinterm Steuer herbeirasen sah, hatte sie zunächst nur Augen für das schicke Auto gehabt. Als junge Frau hatte sie alles geliebt, was schnell war, schnelle Männer, schnelle Trecker …

»So ein Auto, das wäre schon was gewesen«, hatte sie vor sich hin gesprochen. Dann hatte sie beobachtet, wie Bentrop fein gewandet ausgestiegen und wutentbrannt auf Claasen zugeschritten war und wie es dann zu dem blöden Unfall gekommen war.

»Aber der Bentrop hat dem Claasen keine verpasst, sein Schlag ging vorbei. Rückwärtsgegangen ist der Claasen, um ihm auszuweichen, und dann ist er gegen den Pfeiler geknallt, und schon ist das ganze Dach zusammengestürzt. Aber da konnte der Porschefahrer nichts dafür«, so hatte sie es ihrer Tochter berichtet. »Wir müssen das dem Hinercks melden«, hatte sie noch hinzugefügt. »Vielleicht lebt der Claasen ja noch.«

Tine hatte ihre Mutter genervt und skeptisch angeschaut. »Kanntest du den Porschefahrer?«, hatte sie sie gefragt.

»Ich habe den schon mal gesehen, aber ich habe seinen Namen gerade nicht parat«, sagte ihre Mutter.

»Was willst du denn dann dem Hinercks erzählen? Und warum sollte der dir glauben?«, raunzte ihr Schwiegersohn dazwischen.

»Ich werde das erzählen, was sich zugetragen hat«, beharrte sie.

»Das wirst du nicht, dir glaubt ja eh keiner«, schimpfte Thomas, »du bist viel zu tüdelig, als dass man deiner Aussage Glauben schenken würde.«

»Doch, der Hinercks wird …«, begann sie.

»Auf meinen Hof kommt keine Polizei«, raunzte Thomas sie schroff an.

»Das ist der Hof von meiner Tochter«, konterte sie.

Thomas schaute seine Tine streng an. »Hast du unterschrieben?«, fragte er sie.

»Nö.«

»Na toll! Dann hätten wir es jetzt einfacher. Was sagst du denn dazu? Nun sag doch du mal was.«

»Also, wenn sie … alles beobachtet hat, dann ist sie eine Zeugin, und dann ist es ihre Pflicht, dem Hinercks alles zu melden. Ihre Aussage kann von großer Wichtigkeit sein. Außerdem hat sie recht. Vielleicht lebt der Claasen ja noch.« Tine holte tief Luft, so schnell hatte sie gesprochen.

Thomas war jetzt echt sauer, er schimpfte: »Die Polizei in unserem Haus … aber … dann soll sie das halt machen …«

Und so hatte die alte Gleissner dem Hinercks genau berichtet, was sich zugetragen hatte, und das war Bentrops großes Glück …

»Ich schicke nachher noch jemanden vorbei. Der wird Ihre Aussage zu Protokoll nehmen. Danke, Frau Gleissner.«

»Habe ich gern gemacht«, sagte sie nur und legte auf.

Hinercks war froh, dass er den Kollegen Ole zu Frau Gleissner schicken konnte, damit er ihre Aussage protokollieren konnte. Der war zwar nicht gerade begeistert gewesen, hatte diese Aufgabe aber übernommen.

Hinercks atmete aus und machte ein paar Schritte auf der Tanzfläche. Aber so richtig unbeschwert ging das nicht, in seinem Kopf rasten die Vorfälle durcheinander, und er versuchte, die Zusammenhänge für sich zu klären. … Rudi ist tot und liegt in der Pathologie, er wurde vergiftet … Bentrop, dem der Vergiftungsversuch eigentlich galt, liegt im Krankenhaus und ist noch nicht vernehmbar. Er scheint ein Heiratsschwindler zu sein … Er hatte den Claasen aufgesucht, weil sie wohl Ärger miteinander hatten … Ob Claasen vielleicht Bentrop vergiften wollte und der ihn deshalb aufgesucht hat, lässt sich nicht mehr klären. Es sei denn, wir finden Spuren des Gifts oder gar die Spritze in seiner Wohnung. Fakt ist, dass sich Claasen seine schweren Verletzungen nicht durch Bentrop zugezogen hat, das beweist die Zeugenaussage von Frau Gleissner. Bentrop liegt im Krankenhaus, weil er sich bei einem Sturz schwer verletzt hat. Den Sturz haben seine Ex-Geliebte und deren neuer Lebensgefährte mit angesehen. Auch hier gibt es kein Fremdverschulden, es war ein unglücklicher Unfall. Frau Erika Conradi, die Ex-Geliebte von Herrn Bentrop, der sich ihr gegenüber als Kalle König ausgegeben hat, hat ihn in einer anderen Sache schwer belastet. Sie hat zu Protokoll gegeben, dass Herr König ein übler Heiratsschwindler sei. Dieser Sache muss ich genau nachgehen, grübelte Hinercks. Tatsache ist aber, dass der Bentrop – oder König oder wie der auch immer heißt – ein froschgrünes Bonanzafahrrad entwendet und einen Porsche, den er in einem Hamburger Autosalon geliehen hat, in den Graben gesetzt hat. Darüber hinaus ist er mehrfach in eine Radarkontrolle geraten, darüber gibt es Beweisfotos, und womöglich hat er den Ole Blumstock in die Hecke gestoßen. Der Porsche ist zum Revier abgeschleppt worden, weil wir das Tatfahrzeug vor Ort haben müssen, um es noch einmal genauer unter die Lupe zu nehmen …

Hinercks fuhr sich mit den Händen durch die Haare. Irgendwie war ihm immer noch nicht wohl bei dem Fall.

»Irgendetwas habe ich vergessen, aber was? Habe ich was übersehen?« Er grübelte und grübelte, aber er kam einfach nicht darauf. Plötzlich tippte ihm jemand auf die Schulter. Hinercks fuhr erschrocken zusammen.

»Schon gut, Hinercks«, versuchte ihn Albert zu beruhigen, »ich wollte dich nicht erschrecken. Ich habe mich nur gerade gefragt, wo eigentlich die Begleitung vom Bentrop steckt. Habt ihr die bereits gefunden?«

Nun bimmelten Hinercks' Alarmglocken. »Nein, oh nein«, fluchte er, »die habe ich ja völlig vergessen!«

Die Frau war ihm doch tatsächlich durch die Lappen gegangen, sie war durch sein gedankliches Raster geflutscht. Es waren einfach zu viele Personen und Puzzlesteine für Hinercks, und er hatte den Überblick verloren.

Das hätte nicht geschehen dürfen, er war echt wütend auf sich.

Es war aber auch zu doof, dass er die Dame gar nicht kannte, sie zuvor noch nie gesehen hatte. Er versuchte, sich ihre Erscheinung in Erinnerung zu rufen.

Wie hatte sie nur ausgesehen? Schick war sie gewesen, und irgendein Kostüm hatte sie getragen, aber in welcher Farbe? Rosa vielleicht? Oder ist es Else, die ich da vor Augen habe? Aber die hatte doch etwas Weißes an. Ach, verflixt noch mal, ich hätte besser hinschauen müssen.

Morgen würde er versuchen, die Frau ausfindig zu machen, vielleicht war sie ja längst wieder zu Hause. Hoffentlich war ihr nichts passiert. Hinercks fühlte sich ganz und gar nicht wohl bei dem Gedanken daran, aber was konnte er jetzt im Dunkeln ausrichten?

# KAPITEL 14

Es gab ein paar Personen, die waren da ganz anderer Meinung, nämlich die Landfrauen. Frau Sandvoss war so begeistert von der Idee, Detektivarbeit zu leisten, dass sie direkt nach dem Gespräch zwischen Else und Wüstop, das sie mit angehört hatte, ihre Kolleginnen zusammentrommelte.

Frau Sandvoss war eine recht moderne Person. Auch wenn man ihr das nicht unbedingt ansah, denn sie war immer ziemlich praktisch gekleidet und hatte eine biedere Frisur. Aber sie besaß ein Notebook und ein Handy. Letzteres war eigentlich nicht zu ihrem Vergnügen da, also sie spielte da keine Spiele, und Apps nutzte sie auch nicht. Obwohl, manchmal schaute sie in der Wetter-App und der Gezeiten-App nach, was auf sie zukommen würde, und wenn sie mal intensiver darüber nachdachte, gab es doch ein paar Funktionen, die sie nutzte und die mit dem eigentlichen Telefonieren nichts zu tun hatten. Dennoch war und blieb es ihr Notfallhandy. Und genau das verwendete sie, um die anderen Frauen zu mobilisieren.

Sie waren ein fester Kern von fünf Frauen: Alma, Mechthild, Friedel, Lotte und natürlich sie selbst, Ruth. Dazu gesellten sich auch immer wieder die anderen Frauen aus der Umgebung, aber die fünf trafen sich am regelmäßigsten.

Frau Sandvoss hatte bereits im Auto begonnen, herum zu telefonieren. Sie begann mit Alma.

Die war völlig fertig, als sie hörte, was sich Schlimmes ereignet hatte. Natürlich würde sie mitkommen und Helga suchen. »Wir Frauen halten doch zusammen«, hatte sie gesagt.

Dann hatte sie angeboten, Lotte anzurufen. Die sollte dann Friedel anrufen und die Mechthild. Es klappte alles wie am Schnürchen, innerhalb kürzester Zeit waren alle Frauen in den Plan eingeweiht. Die Jagd nach der vermissten Helga konnte beginnen. Allerdings würden sie noch ein paar Stündchen warten und erst starten, wenn es dunkel wurde. Ihre Männer schwindelten sie ein wenig an. Sie wollten nicht, dass die ihnen dazwischen pfuschten. Sie sagten einfach, dass sie sich bei Ruth treffen wollten. »Strümpfe stricken und so, für den nächsten Familienbasar in Garding …«

»Das ist nun schon der vierte Basar in diesem Sommer«, sagte Gustav, der Mann von Alma, verwundert.

»Ist doch für einen guten Zweck«, erwiderte Alma, und dann gab es ganz liebe Bussis.

Während die Landfrauen telefonierten und einen Plan schmiedeten, kroch Helga tief verzweifelt durch ein Maisfeld ganz in der Nähe des Deichs. Es war dummerweise so hoch gewachsen, dass sie sich überhaupt nicht orientieren konnte. Warum war sie auch nur da hineingerannt? Das lag alles nur an dem blöden Klaus. Wie hatte sie bloß so naiv sein können, auf den reinzufallen? Helga war völlig durcheinander. Sie hatte doch ein schönes Wochenende verbringen wollen, hier an der Küste. Er war wirklich zuvorkommend zu ihr gewesen. Auf der Fahrt hatten sie so viel miteinander gelacht, dass sie das Gefühl gehabt hatte, mit ihm bis ans Ende der Welt reisen zu können. Auch das Essen war so schön gewesen und ihr Spaziergang. Er hatte sie sanft gegen den Stamm einer alten Kastanie gelehnt und sie lange und zärtlich geküsst, und dann hatte er in die Krone des Baumes geblickt und darüber sinniert, wie alt wohl dieser Baum sei. Wie prächtig und schön gewachsen er war und wie er dem heftigen Nordseewind trotze. Das hatte ihr gefallen. Und dann hatte er ein Schweizer Messer aus der Jackentasche genommen, so ein richtig tolles, und hatte ihre und seine Anfangsbuchstaben in die Rinde geschnitzt und drum herum ein richtig schönes Herz. Das war so süß von ihm gewesen, so romantisch … In diesem Moment war es um sie geschehen. Alles hätte sie ihm gegeben …

»… diesem Idioten«, schimpfte sie und verschnaufte kurz neben so einem dämlichen Maisgewächs. »Wozu braucht man eigentlich so viel von diesem dummen Zeug?« Oh, sie war so sauer. Sie trug ihre Schuhe in der Hand, denn damit konnte sie kaum laufen, die waren ja auch nur für das Fest gewesen. Traurig schaute sie sich die schönen Pumps an.

»Was soll ich jetzt noch mit euch?«, sagte sie zu ihnen. Sie nahm einen der Schuhe und hängte ihn über ein dickes Maisblatt. Den anderen schleuderte sie wutentbrannt in die Luft. Aber da sie noch nie eine gute Sportlerin gewesen war und die Pflanzen für einen geeigneten Wurf auch viel zu dicht beieinanderstanden, kam der Schuh geradewegs wieder zurück und fiel ihr vor die Füße. Sie schaute ihn unglücklich an, ihre Füße taten weh, und die Strümpfe hatten schreckliche Laufmaschen und waren mit Löchern übersät. Helga entschloss sich, die Scheißdinger auszuziehen. Sie hängte die Strümpfe fein säuberlich neben den einen Schuh, dem anderen, der sich nicht hatte abservieren lassen, gab sie einen verärgerten Tritt.

»Ach, wäre ich doch nur im Auto sitzen geblieben«, fluchte sie. Aber irgendwie war sie plötzlich ganz panisch gewesen, als Klaus mit dem Fahrrad davongeradelt war.

»Warte«, hatte sie ihm hinterhergerufen, »warte auf mich!« Aber er hatte sich nicht einmal umgedreht, sondern war schnurstracks mit seinem Rucksack auf dem Rücken zum Deich geradelt. Es war ihm völlig egal gewesen, wie es ihr ging. Und ihr Befinden war gar nicht gut gewesen, denn sie hatte schräg in ihrem Sitz gehangen und den blöden Sicherheitsgurt nicht öffnen können. Zunächst war ihr Gesicht weich abgepolstert worden, auch der Rest ihres Oberkörpers, der Airbag hatte wirklich wunderbar funktioniert, aber als die Luft aus ihm entwich, hing sie da so blöde rum, und alles begann weh zu tun. Der rechte Fuß, der rechte Arm, ihr Kopf dröhnte …

»Du Scheißkerl«, hatte sie noch einmal gerufen. Aber auch das störte Klaus nicht weiter, und auf einmal hatte sie ihn nicht mehr gesehen. Und wenn das Auto gleich explodiert?, war es ihr plötzlich durch den Sinn gegangen. Sie hatte noch einmal mit spitzen Fingern auf das blöde Schloss gedrückt, und dann war es doch tatsächlich aufgesprungen. Vor Erleichterung waren Helga die Tränen aus den Augen geschossen. Anstatt weiter nachzudenken, wer ihr helfen könnte, hatte sie ihre Schuhe und ihre Louis-Vuitton-Tasche geschnappt und war über Klaus' Sitz nach draußen geklettert. Dann war sie ein Stück den Weg entlanggerannt und schließlich in das Maisfeld hineingestürzt. Wie eine Irre war sie an den Pflanzen vorbeigestürmt, und ständig waren ihr irgendwelche Blätter ins Gesicht geklatscht. Sie war völlig außer sich gewesen, panisch hoch zehn hatte sie gefürchtet, dass ihr jeden Moment die Feuerkugel des explodierenden Autos hinterherjagen würde.

Aber nichts dergleichen war passiert.

Nach einer Weile erwachte sie aus ihrem hysterischen Zustand und versuchte, ihre Gedanken zu ordnen. Ihre Schritte wurden langsamer, und irgendwann blieb sie stehen. Aber da war nichts außer den hohen Maispflanzen. Es kam ihr so vor, als wäre sie geschrumpft. Sie wendete sich nach rechts, wendete sich nach einer Weile nach links, aber es tat sich nichts. Weit und breit war nur Mais.

Da stand sie nun, verzweifelt und unglaublich müde. Sie ging in die Hocke. Auch von hier aus war nur eine Wand aus grünen Blättern zu sehen. Helga spürte erneut Unruhe.

»Nur nicht panisch werden«, versuchte sie, sich zu beruhigen. »Alles wird gut.« Aber sie ging nicht weiter, sie musste sich ausruhen. Sie war plötzlich so müde, sie musste schlafen, nur einen Moment. Helga sackte auf den Boden, legte sich auf die Seite, winkelte die Beine an und schlief augenblicklich ein. Sie erwachte ein paarmal. Da sie aber jedes Mal spürte, wie die Panik heraufzukriechen begann, gab sie ihrem Schlafbedürfnis erneut nach. Schließlich erwachte sie, als die Dunkelheit sich schon über Eiderstedt gelegt hatte. Es war sternenklar, und Helga spürte die Kälte und Feuchtigkeit auf ihren nackten Armen und Beinen. Aber noch immer konnte sie nichts sehen oder sich gar orientieren, und, was noch viel schlimmer für sie war, sie konnte auch die Pflanzen, die rings um sie herumstanden, nur erahnen. Sie blieb liegen und verhielt sich ganz still. Sie schloss die Augen und versuchte, Ruhe zu bewahren, doch plötzlich vernahm sie deutliche Geräusche, die näher kamen. Waren es Stimmen? Sie glaubte, einen Lichtschein über sich zu sehen. Einschlafen ging nicht mehr für Helga, sie war nun hellwach.

Wildschweine können das nicht sein, dachte sie, die klingen doch irgendwie anders. Die grunzen und so, außerdem müsste ich ihre Tritte wahrnehmen können, die sind doch ziemlich schwergewichtig. Himmel noch mal, und wenn es ein Schwein ist …?

Langsam erhob sie sich, sie musste hier weg. Nicht, dass da Außerirdische gelandet waren. Man hatte doch schon mal in einem Feld den Landeplatz eines Ufos gefunden. Wie war das noch gewesen? Und wenn es Wattgeister waren, die sie holen wollten? Sie steigerte sich so in die Vorstellung von fremden Wesen hinein, dass sie erneut von Panik ergriffen wurde. Mit ausgestreckten Armen lief sie einfach los. Natürlich bekam sie ständig irgendein Pflanzenteil ins Gesicht, und es streifte ihr etwas gegen Arme und Beine. Außerdem taten ihre Füße weh, denn es bohrten sich kleine Steinchen in ihre Fußsohlen. Aber Helga marschierte tapfer weiter, und plötzlich trat sie aus dem Maisfeld heraus. Sie bemerkte augenblicklich die Kälte einer unbewachsenen Fläche, und sie spürte nichts mehr um ihren Körper herum. Auch das war richtig unheimlich, denn nun wusste sie überhaupt nicht, was um sie herum war. Und jetzt vernahm sie deutliche Stimmen.

»Huuuh, ich klatsch dir gleich eine.«

Dann vernahm Helga ein »Hi, hi, hi, hi.«

Sie wendete sich um. Irgendwo mussten diese Stimmen doch herkommen, verdammt! Wer war das nur? Trieb Klaus etwa ein böses Spiel mit ihr? Angst, großmächtige Angst stieg in ihr auf.

Ich muss hier weg, dachte sie. »Du kriegst mich nicht, du Schwein«, zischte sie, wendete sich um und begann zu rennen. Sie rannte und rannte und verfluchte die Finsternis. Sie spürte feuchtes Gras unter ihren nackten Füßen. Es schmatzte, es glitschte, es roch, es stank, und der Geruch wurde immer heftiger. Es war schrecklich und eklig, und dann stolperte sie plötzlich, kam ins Straucheln und fiel vorwärts. Eine Flüssigkeit umfing sie, sie ruderte mit den Armen, aber irgendetwas zog an ihren Haaren. Sie japste nach Luft, bekam eine widerliche Flüssigkeit in den Mund und in die Lungen. Sie kämpfte gegen das abscheuliche Zeug an, aber es war stärker. Es nahm ihr die Luft zum Atmen und zog sie hinab auf den Grund des Löschwasserteichs von Friedje, der eigentlich vor vielen Jahren als Eisteich angelegt und genutzt worden war. In der Nähe hatte es nämlich eine Brauerei gegeben, und der Pächter hatte das Eis zur Kühlung benötigt. Aber das war schon lange her.

Inzwischen hatte Friedje den Teich zum Löschwasserteich umfunktionieren müssen, wegen seines Heizkraftwerks und des Silos und überhaupt, weil man es so von ihm verlangt hatte. Eigentlich war er stinksauer darüber gewesen und hatte das gar nicht machen wollen. Aber von Amts wegen hatte man ihn aus Sicherheitsgründen dazu gezwungen.

Sie hatte keinen Hilferuf herausbekommen. Sonst hätten sich ihre Verfolgerinnen zu erkennen geben können und wären ihr zu Hilfe geeilt. Aber so war es für die Landfrauen völlig unerklärlich, was sich da abspielte.

In der Ferne hörten sie ein unheimliches Rascheln und dann platschende Geräusche.

»Huaaaah«, machte Alma.

»Lass doch mal den Quatsch«, schimpfte Ruth. »Da war doch ein Geräusch.«

»Schlaumeierin! Das haben wir auch gehört. Aber wo kommt es her, und was ist es?«

»Das klingt nicht gut«, sagte Mechthild.

»Nöö, gar nicht gut«, erwiderte Friedel.

»Das ist so unheimlich«, sagte Lotte, »ich will nach Hause.«

»Jetzt seid doch mal still«, zischte Alma.

Die fünf Frauen versuchten, sich einen Moment zusammenzureißen, und sagten kein Wort. Es war nichts zu hören. Bis auf den Wind, der durch die Büsche fegte. Aber da war es wieder, das platschende Geräusch.

»Das klingt, als wenn ’n blödes Schaf ertrinkt.«

»So blöde sind Schafe doch gar nicht«, protestierte Alma, steckte sich die Taschenlampe in den Mund und machte: »Määäh.«

»Sehr gediegen ist das nicht, wie du dich verhältst.«

»Gediegen«, säuselte Alma. »Das ist hier wohl auch nicht angebracht. Schließlich sind wir nicht auf einem unserer Basare oder beim Kaffeeklatsch. Wir stehen hier im Dunkeln ziemlich dumm rum und suchen eine Frau, die wir gar nicht kennen. Und wir wissen auch nicht, ob sie überhaupt noch in der Nähe ist.«

»Die liegt bestimmt längst in ihrem warmen Bettchen.«

»Ich will nach Hause in mein Bett«, flüsterte Friedel.

»Ich auch«, sagten die anderen nun im Chor, alle fünf waren sich einig.

»Es war eine doofe Idee, im Dunkeln hier herumzusuchen«, schimpfte Friedel.

»Ist ja gut«, versuchte Mechthild, die anderen zu beruhigen, »wir hätten ja auch nein sagen können.«

»Dann folgt mir. Wir suchen morgen weiter«, sagte Ruth endlich.

Mutig, in leicht geduckter Haltung, schlug sie den Weg vom Land zur Straße ein. Die anderen Landfrauen folgten ihr auf dem Fuß in genau der gleichen Position. Sie sprachen kein Wort. Alle fünf hatten schreckliche Angst und schworen sich im Stillen, so einen Blödsinn in Zukunft nie wieder zu machen und die Polizeiarbeit Hinercks zu überlassen.

Als sie auf der Koogstraße ankamen, sahen sie von Weitem den Lichtkegel eines Autos und dann noch einen und noch einen.

»Die fahren bestimmt von Oma Elses Hochzeit heim«, sagte Alma. Die Betonung lag auf Oooma. Sie war sauer auf Else, die hätte sie schließlich auch einladen können. So häufig wurde am Deich ja nicht Hochzeit gefeiert. Nur weil sie keine Nachbarin war, war das ja kein Grund, sie nicht einzuladen. Jetzt war sie allerdings froh, Else zu sehen. Die stoppte nämlich mit Albert auf der gegenüberliegenden Straßenseite und kurbelte das Fenster hinunter.

»Was macht denn ihr hier?«, fragte sie verwundert.

»Nach was sieht es denn aus?«, gab Alma genervt zurück.

»Sei doch nicht verärgert.« Else wunderte sich über Almas schroffe Art. »Ihr habt wohl eine Nachtwanderung gemacht, hm?«

»So is' das«, sagte Alma und knuffte Lotte in die Seite, die gerade etwas anderes antworten wollte.

»Also wenn ihr wollt, können wir euch mitnehmen. Wir haben noch Platz für drei von euch im Auto.«

Alma verdrehte die Augen. Wie das klang! Von euch, als wären sie eine Sorte von irgendetwas …

»Na, wollt ihr?«

Friedel, Mechthild und Lotte wollten gerne. »Wenn ihr nicht bös seid!«

»Nö, macht schon«, sagten Ruth und Alma gleichzeitig.

»Es kommt auch gleich noch die Denkewitz vorbei. Die hat bestimmt noch Platz für euch zwei.«

»Alles klar«, sagte Ruth und tat so, als wäre ihr das schnuppe. Aber eigentlich wäre sie sehr froh gewesen, wenn sie sich in das warme Auto hätte setzen können.

»Mir ist kalt«, flüsterte Alma Ruth zu.

»Und mir tun die Füße weh.«

»Was für ein Tag«, schnaufte Oma Else und lehnte sich genüsslich an ihren Albert. Eine Hochzeitsnacht würde es wohl nicht geben, wohl eher einen Hochzeitsmorgen. Mit aufgewühlten Gefühlen brausten die Insassen des Autos in Richtung »Goldene Möwe« davon.

# KAPITEL 15

Hinercks hatte die Nacht über kein Auge zugetan. Immer wieder hatte er versucht, loszulassen und mit dem Tag abzuschließen, aber der Gedanke, dass vielleicht die Begleitung von Bentrop-König – oder wie auch immer der hieß – da draußen herumirrte und die Nacht womöglich im Freien verbrachte, beunruhigte ihn. Vielleicht war die Dame aber auch so schlau gewesen, sich ein Taxi zu nehmen …

Vielleicht hat sie bei einem Nachbarn geklingelt, und der hat ihr geholfen … Vielleicht … Hinercks schossen die Gedanken quer durch den Kopf. Er war so froh, als er die ersten Vögel zwitschern hörte, und es endlich Zeit war aufzustehen.

Leise und vorsichtig rutschte er aus dem Bett. Frauke schlief weiter und schnorchelte regelmäßig, und das sollte auch so bleiben. Er schlich in die Küche, machte sich einen Kaffee und öffnete die Vorhänge. Ein leichter Dunst lag über den Wiesen, aber in ein oder zwei Stunden würden sie klares Wetter bekommen, das wusste er. Auch im Radio sprachen sie gerade von stabilem Hochdruckwetter an der Nordsee.

»… genau richtig für eine Fahrt mit dem Heißluftballon in Sankt Peter-Ording …«, sagte der Typ gerade im Radio.

»Eine Heißluftballonfahrt …«, murmelte Hinercks vor sich hin. »Das wäre heute toll. Ich habe auch noch nie eine gemacht. Zeit müsste ich heute haben …«

Hinercks setzte sich an den Tisch, wärmte seine Hände an der Kaffeetasse und schaute versonnen nach draußen. Da kam ihm eine Idee. »Aber ja doch!«

Es dauerte nur ein Stündchen, da stand er geschniegelt und gestriegelt vor seinem Haus und stieg in sein Auto ein. Er hätte die ganze Sache auch per Handy in die Wege leiten können, aber bei Else bekam er bestimmt noch einen Kaffee und ein Friesenhörnchen.

Genauso war es. Else und Albert saßen gemütlich an einem Tisch beim Fenster, auch Lisa Denkewitz saß dort und der Matthis, der Berti, der Ernst und der Hansi. Sie grinsten Hinercks schwach an, als er die »Goldene Möwe« betrat.

»Moin«, sagte er und setzte sich an den Tisch zu Else und Albert.

»Griaß Eahna«, erwiderte Hansi, und die drei anderen Burschen nickten.

»Moin«, sagten nun auch Else und Albert. Die beiden schienen noch reichlich müde zu sein, aber es lag ein gewisser Glanz auf ihren Gesichtern. Sie sahen richtig glücklich aus.

»Ihr müsst mir helfen«, sagte Hinercks.

»Um was geht es denn?«, fragte Hansi und rieb sich abenteuerlustig die Hände. Hinercks erzählte so sachlich wie möglich, dass er nicht wisse, wo Bentrops Begleiterin abgeblieben war, und dass er sie suchen müsse. Und dabei brauchte er reichliche Unterstützung.

»Also eine Vermisstenmeldung haben sie vorhin nicht im Radio gebracht. Entweder ist sie längst wieder daheim, und ich zerbrech mir vergeblich den Kopf, oder …«

»… oder keiner vermisst die Dame«, unterbrach ihn Lisa.

»Wie furchtbar«, sagten Hansi und Ernst gleichzeitig.

»Stimmt«, bestätigte Hansi.

»Hat Bentrop euch den Namen seiner Begleitung genannt?«, fragte Hinercks Albert und Else.

»Nö, also, keine Ahnung«, sagte Else. »Ich kann mich jedenfalls nicht daran erinnern. Wir hatten ihn eigentlich nur eingeladen, weil er unser Nachbar ist, du weißt schon …«

»Ich kann mich an die Dame gar nicht erinnern«, sagte Albert.

»Ja, sollen wir vielleicht ein Suchkommando aussenden, um nach ihrem Verbleib zu forschen?«, fragte Else skeptisch.

»Bevor wir das machen«, sagte Lisa Denkewitz, »rufe ich im Krankenhaus an und frage Bentrop, wie die Dame heißt und wo sie wohnt.«

»Gute Idee«, sagte Hinercks, »das wollte ich auch gerade vorschlagen.« Er zwinkerte ihr zu.

Lisa grinste ihn an und wählte dann die Nummer des Krankenhauses. Bentrop war zum Glück schon ansprechbar, die Schwester half ihm.

»... Helga ... Friedmann ... heißt sie, und sie kommt aus Hamburg. Wohnt direkt an der Alster, ein superschönes Haus hat sie dort ...« Bentrops Stimme klang schwach und brüchig, aber immerhin hatten sie nun diese Information. Es dauerte keine halbe Stunde, bis die Hamburger Polizei vor ihrer Tür stand. Doch trotz Sturmgeläut öffnete dort niemand.

»Entweder ist sie nicht zu Hause, oder irgendetwas stimmt nicht mit Frau Friedmann«, sagte der Kollege aus Hamburg. »Mehr kann ich nicht machen, Frau Denkewitz. Da brauchten wir einen Durchsuchungsbefehl oder einen anderen triftigen Grund. Haben Sie denn schon intensiv nach der Dame gesucht?«

»Na ja, nicht direkt«, musste Lisa einräumen. Jetzt war ihr die Sache doch peinlich. Ihr Kollege hatte ja recht. Sie scheuchte ihn da herum, aber womöglich war Frau Friedmann noch auf Eiderstedt.

»Ich melde mich wieder«, sagte sie, »und vielen Dank noch mal.«

»Nichts für ungut«, sagte der Kollege und legte auf.

»Sie war nicht zu Hause«, sagte Lisa sichtlich resigniert zu den anderen, die sie gespannt anblickten.

»Ich hätte da eine Idee«, warf Hinercks ein, »wir suchen sie aus der Luft. Mit dem Heißluftballon.«

Die bayrischen Jungs waren begeistert. »Na, dann auffi, das ist eine Pfundsidee.«

»Ihr wollt das wirklich machen?« Hinercks war ziemlich erstaunt über das freundliche Angebot. Eigentlich wäre er gerne mitgeflogen, aber mit dem Fahrer wären sie dann sechs, und das wäre mindestens einer zu viel. Er würde also wieder nicht dazu kommen, eine Ballonfahrt zu unternehmen. Schade!

»Also das ist super, Jungs«, schaltete sich nun Else ein.

»Na ja, so eine Vergnügungsfahrt wie die unsere gestern wird es nicht werden. Ihr müsst euch ja die ganze Zeit konzentrieren und alles genau absuchen«, sagte Albert.

»Genau«, stimmte Lisa ihm zu, »außerdem solltet ihr ein gutes Fernglas mitnehmen.«

»Ich ruf jetzt den Rüdiger an«, sagte Hinercks, »der muss so schnell wie möglich kommen. Nicht, dass der nach Sankt Peter fährt und wir keinen Ballon bekommen.«

Rüdiger hatte zum Glück nichts Besonderes vor an diesem Tag. Er wollte etwas lernen, aber das könnte er auch dort oben machen. »Wo sollen wir uns denn treffen?«, fragte er.

»Am besten starten wir wieder auf Gut Hasselstein«, sagte Albert, »und dann fliegen wir direkt dorthin, wo der Bentrop den Porsche in den Graben gesetzt hat.«

Kurz darauf fuhren die ›Gevatter Blechschuss‹ mit

ihrem Bus zum Gut. Ihre Frauen hatten keine Lust dazu, von unten dem Ballon hinterherzuschauen. Sie nahmen das Angebot von Frauke, Inge und Ella an und fuhren mit den Fahrrädern los. Else und Albert wollten in der ›Goldenen Möwe‹ bleiben und den Telefondienst übernehmen, für den Fall, dass jemand anrief.

Es dauerte fast eine Stunde, bis sich der Heißluftballon mit Rüdiger, Hansi und seinen Freunden in die Luft erhob. Den vier Bayern war nicht ganz wohl dabei. Vor allem der Berti hatte ein flaues Gefühl im Magen, als der Ballon vom Boden abhob. Die Sicht war allerdings klar und sensationell.

Matthis war der Einzige, der die Aussicht nicht ganz so genial fand.

»Jo mei, da is' wirklich viel Meer, aber von den Bergen is' hier oben überhaupt nichts zu sehen.«

»Hey, Matthis, mir sind doch bald wieder daheim. Lass uns nach der vermissten Dame schaun, und guat is'.«

Matthis brummte etwas Unverständliches vor sich hin, nahm dann aber das Fernglas entgegen, das ihm Hansi reichte.

»Na, i kann nichts Verdächtiges erkennen«, sagte er nach einer Weile.

»I a ned«, antwortete Berti.

»I seh nur unsere Madeln«, sagte Ernst erfreut, »die radeln da im Zickzack herum und scheinen ziemlich viel Spaß zu haben.«

»Zeig mal her«, sagte Hansi und nahm Matthis das Fernglas aus der Hand.

»Was ist das für ein großes, grünes Ding mitten im Feld bei dem Bauernhof da?«, fragte er den Rüdiger.

»Ja, also, das wird das Silo vom Friedje sein, das braucht der für sein Heizkraftwerk. Kann ich mal bitte das Fernglas haben?«, bat er den Hansi. Sein Blick verriet, dass er da unten etwas gesehen hatte, das seine Aufmerksamkeit erregte. Er fixierte die Stelle und wendete den Kopf nicht ab. »Kann das sein …«, sagte er dann nach einem Moment, »… also wenn mich nicht alles täuscht, dann liegt da wer im Löschwasserbecken, ganz in der Nähe vom Silo. Sieht irgendwie nicht nach Wasser aus, die Brühe.«

Hansi riss Rüdiger fast das Fernglas aus der Hand. Da! Jetzt sah er, was Rüdiger meinte. »Um Himmels willen« stammelte er. »I glab, da liegt a Leich.« Er reichte das Fernglas an seine Freunde weiter, und alle bestätigten seinen schrecklichen Eindruck.

»Des is' a Leich.«

»Ja, Mann, aber ob sie weiblich ist, kann man von hier oben nicht so richtig feststellen.«

»So viele Leichen wird es hier wohl nicht geben«, mischte sich Matthis ein. »Oder wird noch irgendwer vermisst?«

»Nein, also, ich weiß von nichts«, sagte Rüdiger.

»Großes Lob, junger Freund«, sagte nun Hansi anerkennend und klopfte Rüdiger auf die Schulter. »Ohne deine Adleraugen hätten wir das nicht gesehen. Wenn das die Frau Friedmann ist, dann wäre die für uns verschollen geblieben, verschollen im ewigen …«, »… Dreck«, witzelte Matthis. Hansi knuffte ihn in die Seite. »Also, nun mach mal halblang, mir ham nun auch jede Menge Rindviecher bei uns, un' stinken tut's a un …«

»I woaß, war doch nur ein Scherz, hoho«, lachte Matthis.

»Können wir auf der Wiese landen, da neben dem Teich?«

»Ich werde es probieren«, sagte Rüdiger.

Unten stoppten nun auch die vier Madeln und die Friesenfrauen ihre Fahrräder. Sie sahen, dass der Ballon offensichtlich landen wollte. Nur wo? Und warum?

»Die kommen runter«, sagte Frauke erstaunt. »Die müssen was entdeckt haben.«

»Schaut euch mal um, damit wir die Frau früher finden als die«, sagte Inge.

»Oder die Leich'.«

»Also!«, empörte sich Inge.

»Na ja, i wollt nix Blödes sagen«, erklärte Mareike, »aber wo soll man sich denn hier versteckt halten, wenn man quietschlebendig ist? Bei uns, da gibt's Bäume und Berge und …«

»Im Maisfeld«, unterbrach Frauke sie, »da sitzen manchmal auch die Schweine drinnen.« Sie warf einen Blick zum Ballon hinauf. Sie konnte jetzt die Gesichter der fünf Männer genau erkennen, die würden aber noch einen Moment brauchen.

»Lasst eure Fahrräder hier stehen und kommt mit«, rief sie. Mit schnellen Schritten rannte sie in das Feld hinein. »Mir hinterher«, rief sie den anderen zu. Dann preschten sie den ersten Maisweg entlang, aber da war niemand. Dann war der nächste Weg dran, aber auch da war keine Frau, auch beim dritten und vierten Weg konnten sie nichts entdecken. Aber dann rief Frauke plötzlich:

»Stopp«, und der ganze Landfrauentrupp stürzte gegen sie, sodass sie auf die Knie fiel.

»Passt doch auf«, schimpfte sie. »Ich hab da was gefunden.« Nun kamen auch die bayrischen Madeln an. Sie japsten und wunderten sich doch sehr, warum die friesischen Tanten da herumlagen. Die rappelten sich gerade auf und blickten nach oben, denn da war der Heißluftballon. Er flog ziemlich dicht über dem Maisfeld.

»Die spinnen ja wohl«, schimpfte Inge.

»Schau mal, da hängen ein Schuh und ein Strumpf.« Betroffen schauten die Frauen die Sachen an, die Frauke jetzt von der Maispflanze angelte.

»Um Himmels willen …«, stöhnte Marianne.

»Sieht jemand den anderen?«, fragte Lisbeth.

»Mir ist das hier zu unheimlich«, jammerte Mareike.

»Ich habe auch noch was gefunden.« Triumphierend hielt Inge Helgas Louis-Vuitton-Tasche in die Höhe. Sie hatte sie hinter einem dicken Erdklumpen entdeckt.

»Ich will hier raus«, schrien nun die bayrischen Madeln im Chor. »Lasst uns abhauen.«

»Hier entlang«, befahl Frauke resolut. »Und keine Panik, meine Damen.«

Sie rannten weiter den Weg entlang und stürmten geradewegs aus dem Maisfeld heraus. Da erblickten sie den Heißluftballon, der gerade dabei war zu landen.

»Da sind ja unsere Helden.« Die bayrischen Madeln waren erleichtert.

Fraukes Ehrgeiz hingegen war geweckt. Sie wollte endlich mal beweisen, dass sie auch detektivisches Gespür besaß, und nicht nur ihr Hinercks. Sie blickte sich aufmerksam um. Wo konnte denn hier eine Frau untergetaucht sein? Hier war doch nichts, fast nichts.

»Da«, schrie Frauke, »der Teich! Da wollen die Männer bestimmt hin! Sie müssen von oben etwas gesehen haben.«

Mit großen Schritten eilten die Frauen durch das feuchte Gras, dass das Wasser nur so spritzte. Plötzlich blieben sie vor Friedjes Löschwasserbecken entgeistert stehen und wurden ganz still.

Da lag eine Frau. Ihr Anblick war grauslich. In Gülle getränkt, lag sie da. Sie hätten nicht sagen können, ob es die vermisste Frau Friedmann war. Schließlich kannte sie ja keiner.

»Ist sie das?«, fragte Inge dennoch zaghaft.

»Wer soll es denn sonst sein?«, erwiderte Frauke verunsichert.

»Keiner fasst die Leiche an«, rief nun eine ihr sehr vertraute Stimme.

Es war Hinercks, der mit der Sandvoss und den Landfrauen angerückt kam. Auch Hansi und die anderen Männer waren inzwischen neben dem Maisfeld gelandet und schritten über die Wiese. Der Ballon hatte sich auf die Seite gelegt. Das war wirklich eine gute Landung von Rüdiger gewesen.

»Da liegt a Leich'«, rief Hansi, »wir haben sie von oben gesehen. Also das heißt, Rüdiger hat sie entdeckt.«

»Was machst denn du hier?«, fragte Frauke ihren Hinercks erstaunt. »Ich dachte, du seist auf der Wache und wolltest dich dort bereithalten.«

»Klar doch, so war es auch. Und dann kam Frau Sandvoss mit ihren Landfreundinnen herein und erzählte mir, dass sie auf ihrer Wanderung in der letzten Nacht so seltsame Geräusche in der Nähe von Helges Hof gehört hatten. Na ja, und da habe ich man eins und eins zusammengezählt und bin darauf gekommen, dass es vielleicht unsere Frau Friedmann war, die da herumgeirrt ist.«

Frauke hielt ihm einen Schuh und die Strümpfe entgegen. Erschrocken zischte er durch die Zähne: »Oha … ich hoffe nur … man hat sie nicht …«

»Die Strümpfe hingen fein säuberlich im Mais, auch der Schuh«, unterbrach Frauke seine Vermutungen.

Nun stellten sich alle um Friedjes Löschwasserteich und schauten betroffen auf die Gülleleiche.

»Ist sie das?«, fragte Hinercks.

»Keine Ahnung«, sagten alle im Chor, »wir wissen ja gar nicht, wie Frau Friedmann aussieht.«

»Sieht mir irgendwie nicht nach einem Löschwasserbecken aus, ist wohl eher ein Gülleteich. Was hat denn Friedje da angestellt?«

Das wussten die anderen auch nicht.

»Die Leiche müssen dann wohl ihre Angehörigen in Augenschein nehmen, wenn sie welche hat, oder der Bentrop. Aber zunächst einmal muss sie da raus und ab in die Pathologie.« Er hatte bereits sein Handy gezückt, um die Nummer von Wüstop zu wählen.

»Also mir sind das ein bisschen zu viele Tote hier bei euch an der Küste. I bin froh, wenn i wieder daheim bin, gä Hansi?«, sagte Inge.

»Da muss ich aber mal was klarstellen«, sagte nun Hansi. »Bei uns da im Allgäu, also da wird auch gemordet. Nur das kriegen wir nicht so mit, weil wir da keinen Polizisten persönlich nicht kennen.«

»Na, was nicht is', kann ja noch werden«, sagte Matthis und wusste nicht, wie recht er mit dieser Bemerkung haben sollte.

# EPILOG

Rieke Wüstop übernahm den Abtransport der toten Helga Friedmann. Die Todesursache erstaunte alle sehr, denn es hatte keine Fremdeinwirkung gegeben. Ihr Tod war durch Ersticken eingetreten. Ihre Lunge war gefüllt mit Güllewasser.

Bentrop war über diese Nachricht sehr überrascht. Was hatte die da getrieben?

Nachdem Bentrop sie in der Kühlkammer identifiziert hatte, waren seine Hoffnungen noch groß gewesen, dass sie keine Familie hatte und ihn eventuell aus irgendeinem Grund als Erben eingesetzt hatte. Doch es kam anders: Helga Friedmann hatte zwar keine Familie mehr – also gut, einen Neffen, aber den konnte sie nicht leiden – und deshalb hatte sie ihr gesamtes Vermögen inklusive Haus einem Tierschutzverein vermacht.

Bentrop wurde verurteilt, kam aber mit einer Bewährungsstrafe von einem Jahr und einer ansehnlichen Geldbuße davon. Außerdem war er seinen Führerschein für einige Monate los. Seine Delikte waren recht umfangreich. Claasen war tot. Wäre er noch am Leben gewesen, dann wäre das Strafmaß für ihn hoch ausgefallen, denn er hatte Bentrop vergiften wollen. Auch wenn dieser nicht gestorben war, hatte statt seiner Rudi das Zeitliche segnen müssen. Das bewiesen auch die Spritze und das Gift, das man in seiner Küche fand.

Die ›Gevatter Blechschuss‹ und ihre Madeln brachten die Fröhlichkeit in die »Goldene Möwe« zurück. Bevor sie heimfuhren, ließen sie es noch einmal mächtig krachen. Sie machten Musik, sangen und schunkelten, tranken Bier und ließen sich von Else reichlich ›Tote Oma mit Schuss‹ servieren. Als dann die Friesen am Wegesrand standen und dem VW-Bus hinterherwinkten, wussten sie, dass es nur ein Abschied für eine kurze Zeit war, denn sie waren von den Bayern zum Oktoberfest nach München eingeladen worden. Die würden dort in einem Festzelt für Stimmung sorgen, und die Friesen sollten sich man ordentlich mitreißen lassen.

»Das wird eine Mordsgaudi werden«, da waren sich die Burschen aus Bayern einig.

Die Gaudi würde bereits an der Nordsee ihren Anfang nehmen, denn in Tönning wird eine Tote aufgefunden, und die Spur des Täters reicht bis nach München.

Doch zuvor machen Albert und Else noch eine Segeltour, denn die hat er ihr ja bei seinem Heiratsantrag versprochen.

# PERSONENREGISTER

*Hinercks:* Dorfpolizist.

*Frauke:* Hinercks Frau.

*Oma Else:* Sie führt die Pension ›Zur Goldenen Möwe‹. Sie feiert mit Dr. Albert Werner Hochzeit.

*Albert Werner:* Er ist der Doktor vom Norderheverkoog.

*Heinz Helge Günther:* Biobauer, Freund von Hinercks.

Er fährt gerne mit seinem froschgrünen Bonanzafahrrad herum.

Er hat zwei Felder von Heiko gepachtet.

*Heiko:* Besitzt einen Ferienbauernhof.
Er hat einige Pferde.

*Inge:* Heikos Frau.

*Friedje:* Er hat einen Schafshof.

*Ella:* Friedjes Frau.

*Lisa Denkewitz:* Kriminalhauptkommissarin. Sie ist zur Hochzeit von Else und Albert eingeladen worden. Hansi ist ihr Bruder.

*Matz Willdorn:* Hinercks' Kollege.

*Ole Blumstock*: Polizist, in diesem Fall zuständig für die Geschwindigkeitskontrolle.

*Gevatter Blechschuss:* Sie sind zur Hochzeit eingeladen, sorgen für die Musik

*Ernst:* spielt Posaune, seine Freundin heißt Lisbeth.

*Matthis:* spielt Trompete, seine Freundin heißt Mareike.

*Berti:* spielt Quetschkommode, also Akkordeon, seine Freundin heißt Marianne.

*Hansi:* spielt Tuba, seine Freundin heißt Gundel.
Er ist Lisa Denkewitz' Bruder.

*

**Landfrauen:**
*Alma:* Frau von Gustav

*Friedel*

*Mechthild*

*Lotte*

*Ruth Sandvoss*

*

*Klaus Bentrop:* Gast

*Erika Conradi:* Ex-Freundin von Klaus Bentrop. Ihr neuer Freund heißt Peter Sündquist.

*Helga Friedmann:* Bekannte von Klaus Bentrop

*Frau Gleissner:* Zeugin. Tine ist ihre Tochter, Thomas ihr Schwiegersohn.

*Rudi:* Arbeitet als Bestatter bei der Familie Wüstop.

*Wilhelmine:* Cousine von Oma Else.

*Bremer:* Polizist in Husum.

*Janine Ackermann:* Arbeitet in einem Autohaus in Hamburg.

*Rieke Wüstop:* Tochter des Bestatters Wüstop. Ihr Mann heißt Hauke.

*Krüger:* Leiter des Schleswig-Holstein-Musik-Festivals.

*Dr. Arens:* Gast des Schleswig-Holstein-Musik-Festivals.

# DANKSAGUNG

Ich danke meiner Familie und meinen Freunden, die mir mit Rat und Tat immer zur Seite stehen: Ihr motiviert mich, glaubt an mich und fordert mich. Durch Euch ist mein Leben reich und schön.

Mein spezieller Dank gilt meinen Lektorinnen Magdalena Heer, Birgit Förster und Claudia Senghaas, die mit mir am Text gefeilt haben.

Euch allen: Vielen Dank!

**SANDRA DÜNSCHEDE**
Friesennebel

978-3-8392-2028-3 (Paperback)
978-3-8392-5303-8 (pdf)
978-3-8392-5302-1 (epub)

**VERNEBELTE WAHRHEIT** Gustav Nissen, Bewohner des Pflegeheims ›Olenglück‹, wird von Nordic-Walkern tot im Legerader Wald in Nordfriesland gefunden. Schnell stellt sich heraus, dass der Mann keines natürlichen Todes gestorben ist. Hatte der Sohn des Toten, der durch die hohen Heimkosten sein Erbe gefährdet sah, seine Finger im Spiel? Oder leistet im Heim jemand illegal Sterbehilfe? Kommissar Thamsen verfolgt mehrere Ansätze, doch erst ein Undercovereinsatz seines Freundes Haie im Pflegeheim scheint den Nebel zu lichten …

**DOMINIK KIMYON**
Stallgeruch

978-3-8392-2033-7 (Paperback)
978-3-8392-5313-7 (pdf)
978-3-8392-5312-0 (epub)

**STADT, LAND, MORD** Die Angst geht um im beschaulichen Eichsfeld: Die frisch verlobte Linda Becker liegt tot zwischen ihren Alpakas. Ein düsteres Geheimnis aus ihrer Vergangenheit nimmt sie mit ins Grab. Doch während ihre Familie auffällig schnell versucht, zur Tagesordnung überzugehen, geschieht ein weiterer Mord. Kriminalhauptkommissar Christian Heldt aus Göttingen gerät bei den Ermittlungen in einen Sog aus Intrigen, Hass und Selbstsucht, der ihn und die Menschen um ihn herum in Lebensgefahr bringt.

**SIBYLLE NARBERHAUS**
Syltleuchten

978-3-8392-2039-9 (Paperback)
978-3-8392-5323-6 (pdf)
978-3-8392-5322-9 (epub)

**BRANDGEFÄHRLICH** Gerade als der Frühling auf der Insel Sylt Einzug hält, bedrohen immer wieder Feuer die beschauliche Inselidylle. Auch das Leben von Anna Bergmann verläuft alles andere als friedlich. Ihr ehemaliger Freund steht plötzlich vor der Tür und bittet sie um Hilfe. Kurz darauf ist Anna wie vom Erdboden verschluckt. Als die Feuerwehr zu einem weiteren Brand gerufen wird, macht sie eine schreckliche Entdeckung. Um wen handelt es sich bei der verbrannten Frauenleiche? Ein spannender Wettlauf gegen die Zeit beginnt.

GMEINER SPANNUNG

# Das Neueste aus der Gmeiner-Bibliothek

## Unser Lesermagazin

Bestellen Sie das kostenlose Krimi-Journal in Ihrer Buchhandlung oder unter www.gmeiner-verlag.de

## Informieren Sie sich ...

**www** ... auf unserer Homepage:
www.gmeiner-verlag.de

**@** ... über unseren Newsletter:
Melden Sie sich für unseren Newsletter an unter www.gmeiner-verlag.de/newsletter

**f** ... werden Sie Fan auf Facebook:
www.facebook.com/gmeiner.verlag

## Mitmachen und gewinnen!

Schicken Sie uns Ihre Meinung zu unseren Büchern per Mail an gewinnspiel@gmeiner-verlag.de und nehmen Sie automatisch an unserem Jahresgewinnspiel mit »mörderisch guten« Preisen teil!

GMEINER SPANNUNG

**WWW.GMEINER-VERLAG.**
*Wir machen's spanne*